KB070743

너무 빨리
지나가버린,

Too Soon Old, Too Late Smart

너무 늦게
깨달아버린

1

• 이 책은 2005년 국내에서 발행된
『너무 일찍 나이 들어버린, 너무 늦게 깨달아버린 1』의 개정판입니다.

Too Soon Old, Too Late Smart

고통의 끝에서 깨달은 인생 불변의 지혜 30

너무 빨리 지나가버린,

Too Soon Old, Too Late Smart

너무 늦게 깨달아버린

1

고든 리빙스턴 지음 | 노혜숙 옮김

걷는나무
walking tree

그대는 이 세상에서 원하던 것을 얻었는가?
그렇습니다.
그대는 무엇을 원했는가?
나 자신을 사랑하고 세상 사람들에게 사랑받는 것입니다.

— 레이먼드 카버

인간의 정신과 육체가 서로 균형 있게 성장하면 얼마나 좋을까요. 하지만 한 번뿐인 인생에서 그렇게 사는 사람은 정말 드물고, 이 책은 바로 그런 우리 인생의 모순을 말합니다. 진정 좋은 책은 별로 많지 않습니다. 이 책에서 얻는 자양은 우리 스스로 삶의 해답을 얻는 데 큰 도움이 될 것입니다.

−나태주(시인, 『꽃을 보듯 너를 본다』 저자)

만약 단 한 번도 의심해본 적 없는 내 출생의 비밀이 밝혀진다면? 내가 입양되었다는 사실이 우연히 밝혀진다면, 과연 친부모를 찾아야 할까? 진실을 발견하는 고통이 너무 클지라도, 진실을 아는 것이 나을까? 사랑의 고통이 너무 크더라도, 사랑을 포기하는 것보다는 마음껏 사랑하는 것이 나을까? 이 책은 이 모든 질문에 '예스!'라고 대답한다. 우리의 마음속 그림자가 아무리 짙고 어두울지라도, 그 그림자를 용감하게 '대면'하는 사람만이 비로소 자신의 정체성과 만나게 된다. 정신과 의사이지만 본인 또한 파란만장한 삶을 살아낸 고든 리빙스턴은 고통스러운 삶의 진실에 맞서 '그럼에도 불구하고, 당신의 모든 슬픔과 그림자를 끌어안으라.'는 처방으로 우리에게 용기를 준다. 우리는 이 책을 통해 깨닫는다. 고통을 피하면 행복해지는 것이 아니라, 고통조차 인생의 일부임을 긍정할 때 삶은 더욱 아름다워진다는 것을. ─정여울(작가, 『나를 돌보지 않는 나에게』 저자)

"시련에 대처하는 방식이 삶의 모습을 결정한다."는 저자의 말에 깊이 공감한다. 내 감정과 생각을 객관화하고 다른 각도에서 바라보자는 메시지를 전하는 책은 많지만, 정신과 의사로서의 지식과 경험을 자기 삶과 이토록 융합한 책이 있던가. 일독을 강력히 권한다. ─윤대현(서울대학교 정신건강의학과 교수)

집어든 순간 그 자리에서 다 읽을 수밖에 없다. "고통을 회피하는 것이 오히려 상황을 악화시킨다."는 저자의 말은 전

적으로 옳다. 우리는 모두 거짓의 얼굴을 벗어버릴 필요가
있다. ─《뉴욕 타임스》

고든 리빙스턴의 글에는 혹독한 시련을 이겨내고 고통과 싸
워 승리한 사람만이 가질 수 있는 깊은 진실함이 배어 있다.
인생이 무엇인지 알려준다는 수많은 책들 사이에서 유일하
게 보석처럼 빛나는 책. ─《퍼블리셔스 위클리》

이 책은 커다란 쇠망치로 내려치는 것 같은 강력한 힘과 가
장 슬픈 사랑 이야기의 부드러움을 동시에 가지고 있다. 마
음을 열고 고통을 극복하는 힘과 희망에 대해 배울 준비를
하라. ─《워싱턴 포스트》

우리가 언제나 원하지만 한 번도 깨달은 적 없는 인생의 교
훈을 알려주는 이 책은 우리 스스로 상실감과 고통, 비극으
로부터 언제든 자유로워질 수 있다는 점을 두고두고 상기시
켜줄 것이다. ─《메트로 토론토》

인생의 장을 넘기는 데 필요한 요령을 담은 강력한 책!

―《볼티모어 선》

이 책을 보고 알게 됐다. 인생에 필요한 지혜를 배우는 데에 늦은 때란 없다는 것을!

―독자 Linda

고통과, 용기, 그리고 슬픔에 대해 우회하지 않고 정면으로 다루는 책.

―독자 kthdimension

『모리와 함께한 화요일』처럼 인생에서 가장 중요한 내면 깊숙한 곳을 들여다보게 한다.

― 독자 armchaircriticFLA

그냥 작가에게 이렇게 말하고 싶다. "고맙습니다! 이런 책을 써주셔서 정말 고맙습니다!"

―독자 Guill

첫 번째 지혜

이 세상에 진실로부터
도망칠 수 있는 사람은 없다

때로는 피하고 싶은 진실과 맞닥뜨려야 할 때가 있다.
그냥 모른 채 살면 좋겠지만 진실은 너무나 끈질기기에
우리 발목을 잡고 놓아주지 않는다.

제가 서른네 살 때입니다. 당시 저는 레지던트 수련의였는데, 공부의 일환으로 정신분석을 받고 있었습니다. 어느 날 저는 제 정신분석의를 앞에 두고 소파에 누워 자유연상을 하고 있었습니다. 얼마 전 입양아로 자란 성인들이 친부모 찾는 일을 두고 토론하는 자리에 참석했었는데, 그 일에 대해 생각하고 있던 것입니다.

　　그때 정신분석의가 제게 그들의 입장이면 어떻게 하겠느냐고 물었습니다. 저는 친부모를 찾겠다고 답했지요. 그랬더니 그럼 한번 찾아보라는 거였습니다.

　　"무슨 말씀이세요? 제가 입양아라는 건가요?"

　　"그래요."

　　"당신이 그걸 어떻게 알죠?"

　　그의 말에 따르면 당시 저와 별거 중이던 아내의 심리치료사가 내담자와의 관계에서 지켜야 하는 규칙을 위반하고,

한 파티에서 제 정신분석의에게 다가와 이렇게 말했다는 것입니다. "리빙스턴 박사는 자신이 입양됐다는 사실을 알고 있나요?"

금시초문이던 제 정신분석의는 이렇게 대답했고요.

"그런 말은 듣지 못했는데요."

알고 보니 제 아내는 부모님의 친구를 통해 오래전에 그 이야기를 들었던 것입니다. 하지만 제게 그 사실을 알리는 것은 부모님의 선택이라고 생각했나 봅니다. 아내는 부모님과 그 문제를 두고 상의했고, 부모님은 제게 알리지 않겠다고 한 것이지요.

제 아내는 그 이야기를 자신의 심리치료사에게 했고, 그녀의 심리치료사는 제 정신분석의에게 그 사실을 말한 것입니다. 그는 그 사실을 제게 말해야겠다고 마음먹었습니다. 저는 그가 그런 용기를 내준 것에 언제나 감사할 것입니다.

하지만 당시 저는 그 사실을 알고 매우 혼란스러웠습니다. 그때까지 살면서 한 번도 생각해보지 못한 일이었기 때문입니다. 하지만 그제야 제 돌 사진이 없다는 데 생각이 미쳤습니다. 아버지가 사진 찍는 취미를 갖고 계셨는데도 말입니다. 부모님은 시카고에 살고 있었는데, 제가 멤피스에서 태어난 것도 이상했습니다. 공무원이었던 아버지는 그때 잠시 테네시로 전근을 가서 일한 적이 있다고 설명했을 뿐입니다. 제가 그들의 아들이라고 적힌 출생증명서는 물론 거짓이었습니다.

어머니는 제가 입양아라는 사실을 알게 되기 얼마 전에 돌아가셨고 아버지와 저는 힘든 대화를 나누었습니다. 저는 속은 것에 대한 분노와 제가 그 사실을 알았다면 아들이 되어주지 않을지도 모른다고 걱정했다는 아버지의 말 사이에서 오락가락했습니다.

솔직히 말해 저는 친부모를 찾아보겠다는 생각에 흥분했고, 한편으로는 유전적으로 아버지를 닮을 일이 없다는 사실에 다소 안심했습니다. 해방된 기분과 호기심에 마음이 들떴습니다. 아버지는 저의 입양과 관련된 몇 가지 사실을 기억하고 있지만, 입양 전 이름만은 정말 모른다고 맹세했습니다. 그러나 그 말도 거짓이었습니다.

저는 멤피스로 가서 변호사를 고용해 제 입양기록을 입수했습니다. 그것은 오래전에 법원에 의해 봉인되어 있었습니다. 거기에는 제 이름이 '데이비드 알프레드 포크'라고 나와 있었고, 생모 이름은 '루스'였습니다. 제 성씨인 '포크'는 어머니의 성을 딴 것이었습니다.

저는 테네시 고아원에 버려졌는데, 그곳은 부패한 판사와

짜고 법원의 양도명령을 받아 아이들을 팔아먹는 것으로 악명 높은 곳이었습니다. 그 입양기관은 전국의 부잣집에 아이들을 보냈습니다. 저는 아버지에게 전화해 저를 얼마 주고 샀는지 물었습니다. 5백 달러라고 했습니다. 사실 많은 사람들이 자신이 얼마였는지 궁금해합니다.

변호사는 자신에게 친부모 찾는 일을 맡겨달라고 했습니다.

"친부모를 찾게 되면, 차라리 모르면 좋았으리라고 생각하게 될 수도 있습니다. 정신병이 있는 부모에게서 태어난 것을 알게 되는 사람도 있거든요."

저는 어떤 사실이든 감당할 수 있다고 생각했습니다. 어쨌든 모르는 것보다는 아는 것이 낫다고 확신했지요. 저는 먼저 돌이 될 때까지 저를 키워준 위탁가정을 찾을 수 있었습니다.

저는 그 집 주인의 성씨밖에 모르는 상태에서 멤피스의 전화번호부를 뒤적여 전화하기 시작했습니다. 열 번째쯤 전화했을 때, 받은 사람에게 제가 누구인지 말하자 그가 옆에 있는 사람에게 말했습니다.

"어머니, 보가 전화를 했어요."

그 집의 가장은 여든 살의 노부인이었는데, 제가 약 생후 6개월 정도 됐을 때 사진관에서 찍은 사진을 가지고 있었습니다. 그녀의 남편은 주유소를 경영하고, 자녀들은 대학에 가지 않았다고 했습니다.

저는 테네시 사투리를 쓰고 '보'라는 이름표가 붙은 정비복을 입은 제 모습을 상상해봤습니다. 가족이 전부 모여서 저를 환영해주었습니다. 그들은 자신들에게 저를 맡긴 생모가 미시시피 빅스버그 출신이라고 말했습니다.

저는 빅스버그 전화번호부를 뒤져 '포크'라는 성을 가진 사람에게 전화하기 시작했고, 곧 어머니의 자매, 즉 제 이모와 통화할 수 있었습니다. 저는 제 정체를 속이고 '루스' 친구의 아들인데, 루스가 어디에 사는지 아느냐고 물었습니다.

그녀는 제 어머니가 애틀랜타에 살며 출판사에서 일하고 있다고 말했습니다. 저는 애틀랜타에 가서 생모에게 전화한 뒤, 제가 누구인지 밝히고 만나고 싶다고 했습니다. 아파트 문이 열렸을 때, 저를 많이 닮은 사람이 나타났습니다. 그녀가 말했습니다.

"왜 이제야 왔니?"

그녀는 종교적인 가정에서 자랐고, 학교 교사로 일할 때 한 남자의 아이를 임신했습니다. 그런데 그는 결혼할 생각은 하지 않고 불법으로 낙태를 하라고 돈을 주었던 것입니다. 그녀는 거절했고, 멤피스로 가서 출산한 뒤 아기를 입양기관에 두고 왔습니다.

그녀는 곧 다시 돌아가서 저를 데려올 생각이었지만, 다시 입양기관에 전화했을 때는 너무 늦은 뒤였습니다. 그 후에 그녀는 스스로 결혼할 자격이 없다고 생각하며 독신으로 지냈습니다. 그녀는 초등학교 교사로 일하며 매년 학년을 바꿔가며 제 나이 또래의 아이들을 가르쳤습니다. 제 어머니는 순간이나마 충실하게 살지 못했던 자기 자신을 용서할 수 없었던 것입니다.

그녀는 제가 잘 자란 것을 보고 안심했습니다. 저는 그녀가 저를 낳아주어 고마웠습니다.

저는 생부에 대해서도 알고 싶었습니다. 어머니는 그의 이름을 알려주었습니다. 그는 몇 년 전에 죽었는데, 딸이 하나 있다고 했습니다. 저는 그녀가 사는 곳을 알아낸 뒤 전화를 걸었습니다. 적어도 이복남매가 한 명 있었던 것입니다. 그녀는 저의 연락을 받고 기뻐했지만 그녀 역시 입양아라고 했습니다. 그녀도 자신의 친부모를 찾을 생각을 하고 있었습니다.

우리 두 사람은 아버지가 같으므로 가족이라고 할 수 있을까요? 저의 아버지라는 사람은 어떻게 아들의 존재를 비밀에 부치고 다시 아이를 입양할 생각을 했을까요? 그 딸은 저에게 사진 한 장을 보내주었습니다.

지금 제가 생부와 관련해서 갖고 있는 것은 그것이 전부입니다. 기억할 수 없고 만날 수 없는 아버지의 오래된 사진을 보면서, 죽인 군인을 부모로 둔 자녀들과 같은 심정을 느꼈습니다. 사진 속에 있는 그의 눈은 슬퍼 보였습니다. 잠시라도 그와 이야기를 할 수 있다면, 그의 정열이 빚은 실수에서 무언가 좋은 일이 생겼다고 말해주고 싶었습니다. 그를 사랑할 수는 없을지라도 그에게 평화를 주고 싶었기 때문입니다.

진실을 아는 것이 두려울 때가 있습니다. 진실과 맞서는 것은 그래서 종종 용기를 필요로 합니다. 두렵다고 해서 진실을 피할 수는 없습니다. 잠시 눈을 가릴 수는 있지만, 결국 진실은 드러나게 됩니다. 숨기려고 하면 할수록 더욱 또렷하게 살아나기 때문에 진실인 것입니다.

피할 수 없다면 당당하게 맞서는 수밖에 없습니다. 비록 그 진실이 현재의 모든 안정과 평안을 흐트러트릴 만큼 무섭고 엄청난 것이라 해도 받아들여야 합니다. 그래야 자유로워질 수 있습니다. 그래야 가혹한 현실과 싸워나갈 힘도 얻을 수 있습니다.

그것이 어떤 것이든 지금 당신 앞에 놓인 진실과 마주하십시오. 그리고 기꺼이 정면승부를 펼치십시오. 그 과정을 통해, 당신은 더욱 강하고 현명해질 수 있습니다.

진실을 아는 것이 두려울 때가 있다.
진실과 맞서는 것은 종종 용기를 필요로 한다.
그러나 두렵다고 해서 피할 수 있다면 진실이 아니다.
결국 진실은 드러나게 되어 있다.
숨기려고 하면 할수록 더욱 또렷하게 살아나기 때문에 진실인 것이다.
비록 진실이 현재의 안정과 평안을 흐트러트릴 만큼
엄청난 것이라 해도 받아들여야 한다.
그래야 자유로워질 수 있다.
그래야 가혹한 현실과 싸워나갈 힘을 얻을 수 있다.
그것이 어떤 것이든 지금 당신 앞에 놓인 진실과 마주하라.
그리고 기꺼이 정면승부를 펼쳐라.
당신은 더욱 강하고 현명해질 수 있다.

두 번째 지혜

이별은 사랑의 가치를
더욱 소중하게 만든다

진실로 사랑했다면 그 사랑은 결코 사라지거나 죽지 않는다.
사랑하는 사람이 떠난 자리에 견고하고 아름답게 남는다.

저는 두 아이를 잃었습니다. 불과 13개월 사이에 큰아들이 자살을 했고, 막내아들은 백혈병으로 세상을 떠났습니다. 아들을 잃은 슬픔으로 인해 저는 삶과 죽음에 관해 많은 것들을 깨우치게 되었습니다.

우리는 어리석게도 소중한 것을 잃고 나서야 나 자신이 얼마나 무력하고 하찮은 존재인지, 그리고 진정한 삶이 어떤 것인지 배우게 됩니다.

저는 때때로 스스로에게 묻곤 합니다. '내게 진정 가치 있는 게 무엇인가?' 이제 '왜 하필 나에게 이런 일이?'라는 질문은 하지 않습니다. 억울하다고 불평해봐야 죽은 자식들이 살아 돌아올 리 만무하기 때문입니다.

저는 살아갈 이유를 저와 마찬가지로 돌이킬 수 없는 상실을 겪었던 사람들에게서 찾았습니다. 사랑하는 사람을 잃은 모든 사람들이 그렇듯이, 제가 가장 증오했던 말은 시간이 지나면 잊힌다는 위로의 말이었습니다. 아이들을 더 이상 그리워하지 않을 수 있다는 생각 따위는 하고 싶지 않았습니다. 저는 결코 예전과 같아질 수 없었습니다. 마음에서 가장 소중한 것들이 잘려 나간 이후로, 아들들과 함께 제 삶을 묻어버린 현실을 받아들여야 했습니다.

그레고리 펙은 아들이 죽고 오랜 세월이 흐른 뒤에 인터뷰에서 이런 말을 했습니다.

"저는 그 아이를 매일 생각하지 않습니다. 매 순간 생각합니다."

다만 시간이 흐르면서 변하는 것이 있다면, 고통스러운 병과 죽음의 이미지가 그들이 살아생전 보여주었던 온화한 기억들로 바뀐다는 사실뿐입니다.

저에게 슬픔보다 익숙한 주제는 없습니다. 그것은 오랫동안 제 삶의 주제였습니다. 저는 슬픔에 대한 책을 쓰면서 슬픔을 우회하는 길을 찾으려 했지만 결국은 찾지 못했습니다. 슬픔을 똑바로 통과해서 가는 길밖에는 없었던 것입니다.

그 과정에서 저는 절망에 빠졌고 자살을 생각하기도 했습니다. 그리고 제가 혼자가 아니라는 것도 알았습니다. 어떠한 말로도 위로를 받지 못할 것 같았건만, 결국 말로 삶의 의미를 되찾게 되었습니다. 말을 통해 하늘이 무너질 것 같은 절망 속에서도 살아야 할 이유가 있다는 것을 깨달았습니다.

'부모가 죽으면 땅에 묻고, 자식이 죽으면 가슴에 묻는다.'는 말이 있습니다. 죽은 지 13년이 지났는데도 여전히 아이들은 예전 모습 그대로 제 가슴속에 살고 있습니다. 저는 아이들을 살려내지 못한 저를 어느 정도 용서했습니다. 늙어가는 자신과 화해한 것입니다.

자식들의 손에 의해 시신이 땅에 묻히리라는 확신은 물거품이 되었고, 우주의 섭리와 신의 공정함에 대한 믿음은 잃은 지 오래입니다. 하지만 아이들에 대한 사랑과 그들을 언젠가 다시 만날 것이라는 터무니없는 희망은 포기할 수가 없습니다. 사람은 헤어져야만 그 진가를 알게 된다고 합니다. '든 자리는 몰라도 난 자리는 안다.'는 말도 이와 상통할 겁니다. 남녀가 이별을 해야만 서로의 소중함을 깨닫게 되고 성숙해진다는 말도 있습니다.

이처럼 이별은 사랑이 얼마나 소중한 가치인지를 깨닫게 합니다. 그야말로 우리에게 소중한 선물을 유산처럼 남겨주는 것입니다. 우리가 할 일은 우리를 필요로 하는 사람들에게 그 사랑을 돌려주는 것입니다. 그 일을 통해 우리는 떠난 이들에 대한 기억도 간직할 수 있을 것입니다. 저는 딸의 결혼식에서 어느 소설가의 말을 인용해 다음과 같은 축사를 했습니다.

우리는 두 사람이 새 출발을 하는 행복한 순간을 축하하기 위해 여기 모였습니다. 만일 사랑이 죽음을 이겨낼 수 있다면, 그것은 오로지 추억과 헌신을 통해서입니다. 추억과 헌신이 함께한다면, 우리의 마음이 깊숙이 파이는 일이 생긴다 해도 다시 충만해질 것이고, 끝까지 쓰러지지 않고 버틸 수 있을 것입니다.

세상의 슬픔 중 가장 큰 슬픔은 자식을 잃은 슬픔일 것이다.
세상 무엇과도 바꿀 수 없는 자식을 먼저 떠나보낸
슬픔이야말로 어떤 위로로도 감싸지지 않는 혹독한 시련이다.
하지만 이 극한의 슬픔마저도 극복할 수 있는 것이 인간이다.
시련을 통해 우리는 더욱 지혜롭고 단단해질 수 있다.
우리는 부모님이 돌아가신 뒤에야 불효를 후회하고,
사랑하는 사람을 잃은 뒤에야 더 많이 사랑해주지 못한 것을 후회한다.
지금, 당신에게 허락된 사랑이 있다면 최선을 다해 사랑하라.
최선을 다한 사랑은 우리 곁을 떠난 뒤에도
더 크고 아름다운 추억으로 빛날 것이다.

세 번째 지혜

용기 없이는
불행의 늪을 건널 수 없다

때로 우울은 우리에게 예상치 못한 평안을 선사하기도 한다.
그러나 명심하라.
그 평안에 머무른다면 절대 불행의 늪을 건널 수 없음을.

주위를 둘러보면 생각보다 우울증으로
고생하는 사람이 많습니다. 우울증의 원인은 여러 가지지만
그 증세에는 동일한 부분이 있습니다. 몹시 고통스럽다는
것이지요. 우울증에 걸린 사람은 슬픔, 의욕상실, 수면장애,
식욕부진, 충동적인 폭력 등에 시달립니다. 이들은 약물치료
와 심리치료를 통해 고통을 줄여나갑니다.

　하지만 그런 치료를 통해서도 증세가 좋아지지 않는 사람
이 있습니다. 그럴 때 저는 그들이 혹시 우울해하는 것에서
무언가 이점을 취하고 있는 것은 아닌지 조심스레 확인해보
고는 합니다. 우울한 기분을 계속 품고 있으면 자신에게 불
행이 닥쳐도 그것 때문에 마음이 크게 동요하지는 않을 거
라고, 그래서 자신은 안전할 거라고 생각하는 것이지요.

　우울증의 전조 혹은 징후이기도 한 만성적인 염세주의를
품은 사람도 마찬가지입니다. 염세주의자를 '각성'시킨다

는 것은 어려운 일입니다. 그들은 이미 낙담하고 있으므로 불행한 사건이 일어나도 무감하게 반응합니다. 세상에 대해 아무런 기대도 하지 않기에 실망하는 일도 없습니다. 그들은 아주 오래전부터 최악의 경우만 예상해왔던 터라 웬만한 일에는 꿈쩍도 하지 않습니다.

이들에게 그 기분을 떨쳐내고 행복한 감정을 느껴보라고 하면, 그러겠다고 말합니다. 하지만 속으로는 어림도 없는 소리라고 하겠지요. 행복해진다는 것은 언젠가 그 행복을 잃을 수도 있다는 뜻인데, 왜 굳이 그런 위험을 감수해야 하느냐고 생각하는 것인지도 모릅니다.

어떤 일이든 모험의 위험이 따릅니다. 발명이나 탐험, 혹은 사랑은 반드시 실패의 위험을 감수해야 합니다. 위험을 감수하지 않고자 한다면 자연히 모험도 멀리하게 됩니다. 탐험의 뱃길을 되돌리고 사랑의 전선에서 철수합니다. 결국 첫째도 안전, 둘째도 안전, 셋째도 안전이 되는 것이지요.

그러고 보면 우리는 안전이 최고의 가치처럼 느껴지는 사회에서 살고 있습니다. 안전벨트를 매고, 문을 이중삼중으로 잠그고, 담배를 끊고, 해마다 정기검진을 받고, 운동 전에는 의사와 상의하고, 날씨에 대해 걱정하고, 자녀들의 귀가를 염려하고, 도둑을 대비해 집에 경보장치를 설치하고, 길을 걷다 변을 당할까 봐 가스총을 가방에 넣어 다니고……

결국 우리가 해야 할 모험은 경찰이나 소방관, 군인, 운동 선수 등이 대신합니다. 영화나 텔레비전에서 나오는 수많은 왕자와 공주들이, 혹은 힘을 가진 조직의 보스가, 소시민처럼 살아가는 우리에게 터무니없이 과장된 용기와 의리를 보여주고 대리만족을 시켜줍니다. 우리는 그들의 삶에 열광하지만, 정작 그런 삶으로부터 멀리 떨어져 있습니다. 안전만을 추구하는 생활태도가 가져다준 씁쓸한 산물이지요.

우울증에 걸린 사람에게 생활태도를 바꿔보라고 설득하는 일은 쉽지 않습니다. 대부분 절망에 찌들어 있기 때문입니다. 이 점은 정신의학계에도 어느 정도 책임이 있습니다. 정신의학계는 우울증을 화학작용에 의한 질환으로 지정하고 약리학적 해결책에 지나치게 의존합니다. 게다가 보험회사까지 심리치료에 대한 보험금을 갈수록 적게 지급하며 이런 추세를 부추기고 있습니다.

심리치료는 변화를 목적으로 합니다. 사람들의 불안감, 슬픔, 방황, 분노, 공허감 같은 감정상태를 바꾸고자 합니다. 이런 감정은 주로 우리 자신과 주위에서 일어나는 사건을 어떻게 바라보느냐에 달려 있습니다. 감정적으로 고통을 겪는 사람은 행복해질 수 있는 행동을 스스로 선택하는 능력을 상실했거나 상실했다고 믿는 상태에 빠진 것입니다.

우리 주위에는 세상에 적응하지 못하는 사람이 많습니다. 그들은 집이나 오락실에 틀어박혀 삽니다. 게임이나 인터넷에 중독된 채로 어느 누구와도 소통하려 하지 않습니다. 심지어 부모형제와도 얘기하기를 꺼려합니다. 운전이나 쇼핑은 물론이고 때로는 집을 나서는 것조차 두려워합니다. 인간관계를 부담스러워하다가 급기야는 조소하고 경멸하기까지 합니다. 이런 심리상태는 자연히 우울증으로 발전하게 됩니다.

이때 희망을 다시 불어넣어주는 것이 심리치료사가 하는 일입니다. 저는 종종 내담자들에게 묻습니다.

"당신은 살아가는 데 희망이 있습니까?"

우울증에 빠진 사람이 이런 질문에 그렇다고 대답할 리 만무합니다. 심각한 이들은 삶을 마감하는 데에만 골몰합니다. 따라서 저는 자살을 공론화해야 한다는 입장입니다. 그래야만 해마다 늘어나는 자살자를 줄일 수 있을 테니까요.

저는 자살을 생각하는 사람을 설득하려 들지 않습니다. 대신 그들에게 지금까지 당신을 살아 있게 만든 것에 대해 생각해보라고 말합니다. 모든 자살 결정에는 타인에 대한 혹은 자기 자신에 대한 분노가 자리 잡고 있습니다. 자살은 자신을 사랑하는 사람들을 영원히 저주하는 행동이라 할 수 있습니다. 그것은 분명 개인적인 절망의 표현이지만, 또한 가까운 사람들의 사랑만으로는 세상을 살아갈 수 없다는 선언이기도 합니다. 절망에 빠진 사람들은 당연히 자기중심적입니다. 자살은 오로지 자신에게만 몰두해 있다는 증거지요. 그런 그에게 자신과 삶을 연결하는 고리에 대해 생각해보게 함으로써, 가까운 이들의 사랑을 다시 한번 떠올리게 하는 것입니다.

이런 접근으로 누군가가 자살하려는 걸 단념하게 할 수 있을까요? 대체로 그렇습니다. 심리치료사로 33년간 일해오는 동안, 저는 딱 두 번 이 일에 실패했습니다. 그리고 그 두 번의 실패가 사람의 생명을 통제할 수 있다고 믿었던 저의 오만한 생각을 버리게 한 것도 사실입니다. 우리는 불행의 강을 건너지 못하도록 도움을 줄 수는 있으나 결국 우리의 역할은 거기까지인 것이지요. 한 번은 두 아이를 둔 어느젊은 여인의 죽음이었습니다. 그녀는 이혼한 뒤 우울증을앓다가 병원에 입원하기로 한 날에 권총으로 자살했습니다. 저는 그녀의 집에 가 시신을 확인했습니다.

그러고 나서 몇 년 후, 저는 소중한 아들 앤드루를 잃었습니다. 그 아이 역시 조울증으로 3년 동안 고생하다가 자살로

생을 마감했습니다. 앤드루는 스물두 살이었습니다. 그로부터 13년이 지난 지금까지도 저는 슬픔을 벗 삼아 지내고 있습니다.

앤드루의 일을 통해 저는 아비가 자식을 땅에 묻는 슬픔이 세상의 어떠한 슬픔보다 크고 아프다는 사실을 깨달았습니다. 저는 수없이 많은 날들을 "어떻게 내게 이런 일이⋯⋯." 라고 한탄하며 지냈습니다.

앤드루가 절망과의 오랜 투쟁에 두 손을 들었을 때, 그는 이미 자신을 사랑하는 많은 사람들과 인연을 끊기로 작정한 것입니다. 우리 부부에게 기쁨과 슬픔을 가져다주었던 아이, 제가 눈을 감을 때까지 제 앞에서 영광을 보여줄 줄 알았던 아이가 우리 부부를 매정하게 버린 것이지요.

앤드루는 모범생이었습니다. 고등학교 때는 반장이었고 대학교 2학년 때는 학생회 임원으로 선출되기도 했습니다. 어느 날 저는 우연히 아이가 아홉 살 때 학교 숙제로 쓴 글을 읽게 되었습니다. 그 안에 이런 구절이 있었습니다.

오후 2시 30분경에 아빠와 나는 한 시간 넘게 달렸다. 우리는 바람을 안고 달려야 했기 때문에 나는 아빠 뒤에 숨었고, 아빠는 나를 위한 바람막이가 되었다. 우리는 2백 명의 다른 주자

들과 경쟁을 했다. 가파른 언덕이 많아서 힘든 코스였다. 우리
는 막판에 속도를 내서 몇 사람의 주자들을 제치고 앞으로 나
아갔다. 운동장에 도착해서는 반 바퀴를 더 달려야 했고, 결국
21킬로미터, 하프코스를 완주했다.

이런 글을 썼던 아이에게 혹독한 병의 증세가 나타난 것
입니다. 아이는 세 차례 입원했고, 조울증 환자의 특징인 극
단적인 감정기복을 겪었습니다. 저는 아이가 마지막 순간에
고통으로부터 해방된다는 기대감으로 위안을 받았으리라
상상합니다. 그리고 마침내, 갈구하던 평화를 발견했기를 기
도합니다. 이러한 생각만이 제가 고통을 견디고 살아갈 수
있는 힘이 되어줍니다.

아이의 병은 누구도 어찌해볼 도리 없는 태풍처럼 아이를
휩쓸어 갔습니다. 아이는 너무 빨리 떠났지만, 저는 아이가
우리를 사랑했다는 걸 알고 있습니다. 그리고 제 마음을 갈
기갈기 찢어놓은 아이를 용서하면서, 아이도 아버지로서 부
족했던 저를 용서했으리라 믿습니다. 그 아이의 웃음소리를
기억할 때마다 제 귀에는 톰 팩스턴Tom Paxton이 부른 옛 노
래가 잔잔히 들려옵니다.

작별의 말 한마디 없이 떠나가는 건가요?

아무런 흔적도 남기지 않고.

당신을 좀 더 사랑해야 했어요.

제가 무심하게 보였을지 모르지만

절대 그렇지 않았다는 걸 알아주세요.

때로 불가항력의 거대한 힘은 우리를 고통 속으로 몰아넣는다.

사랑하는 사람을 갑작스레 잃을 수도 있고,

뜻밖의 사고로 몸을 다치게 될 수도 있다.

모순적이게도 그런 고통은 우리에게 평안을 선사하기도 한다.

하지만 그 어떤 것도 행복해지고자 하는

우리의 의지를 꺾을 수는 없다.

슬픔 속에 자신을 그냥 놓아두어서는 안 된다.

절망에 빠진 자신을 꼭 껴안고 희망을 향해 나아가라.

잘못을 바로잡으려면
지금 당장 행동해야 한다

세상이 잘못된 것을 알고도
부딪쳐 싸울 의욕이나 용기가 없어 가만히 있는가?
그렇다면 그 무엇도 변하지 않을 것이다.

저는 젊은 시절 몇 년을 전쟁터에서 보냈습니다. 베트남전에 참전한 것입니다. 그때는 건방지게도 용기를 시험해보고 싶은 마음에 자원입대를 택했습니다. 비교적 소심한 편이었던 저는 죽고 싶다는 생각도 이따금 하곤 했는데, 베트남전이 일어나자 우쭐한 마음으로 자원했습니다. 세계 어느 곳이든 공산화되는 것을 막아야 한다는 그럴듯한 명분도 있었습니다.

당시 저는 사이공 북서쪽에 주둔한 제11기갑연대(블랙호스)의 군의관으로 배정받았습니다. 지휘관은 조지 S. 패튼 3세였습니다. 그의 아버지는 제2차 세계대전 당시 독일의 롬멜 전차부대를 격파해 큰 공을 세웠던, 그 유명한 패튼 장군이었습니다.

저는 하루하루를 사투 속에서 보냈습니다. 많은 시간을 헬리콥터 안에서 지내는가 하면 총상을 입기도 했고, 적군 몇

명을 항복시키는 전공을 세워 훈장을 받기도 했습니다. 그러나 시간이 지날수록 전쟁에 대한 회의가 일었습니다. 베트남과 그 나라 국민들을 위한다면서 정작 파괴행위를 일삼는 군인들을 보면 왠지 모멸스럽고 치욕적인 기분까지 들었습니다.

시간이 지날수록 전쟁이 지긋지긋해졌습니다. 게다가 아군의 피해도 눈덩이처럼 불어나기 시작해 마침내 미국인 전사자 수가 5만 8천여 명에 달했습니다. 지금도 그들의 이름은 워싱턴의 검은 화강암 벽면에 깨알처럼 새겨져 있습니다.

그때를 떠올리자니 '우리가 전쟁에서 지겠구나.'라고 생각했던 한 사건이 기억납니다. 당시 우리는 정글에서 신출귀몰하는 베트콩들을 잡기 위해 적의 집결지를 알아내는 극비작전을 고안했습니다. 작전명은 '인간 냄새 탐지기people sniffer'로, 소변 속 암모니아를 감지하는 장치를 헬리콥터에 매달고 정글 위를 낮게 날아다니다가 수치가 높게 나오는 지역에 집중포화를 퍼붓겠다는 것이었습니다.

1968년 어느 날 저녁, 한 보병 대위가 그 작전의 실행 결과를 두고 연대에 상황보고를 했습니다. 그에 따르면 나무 위에 매달려 있는 소변 양동이를 향해 한 발에 무려 250달러인 포탄을 쏘아댔다는 것입니다. 패튼과 그의 정보장교는 잔뜩

약이 오른 표정을 지으며 작전이 실패했음을 인정해야 했습니다.

어쨌든 저는 전쟁에 완전히 질린 상태였습니다. 1969년 부활절 일요일 아침, 연대장 패튼의 지휘관 교체식이 열렸습니다. 그 자리에서 저는 그곳에 참석한 손님들에게 전날 밤에 썼던 글을 나누어주었습니다. 제목은 '블랙호스의 기도'였습니다.

하늘에 계신 아버지, 우리의 기도를 들으소서.

우리는 심히 부족하오니 당신께서 보다 나은 군인이 되도록 도와주소서. 주님, 우리가 당신의 일을 잘하기 위해서는 다음의 것들이 필요합니다.

1초에 1만 발이 나가는 총과 일주일 동안 불을 뿜을 수 있는 소이탄을 주소서. 우리가 지나가는 곳마다 죽음과 파괴를 가져올 수 있도록 도와주소서. 그를 통해 당신의 이름이 빛나게 하소서.

주님, 이 전쟁이 일어난 것에 대해 진심으로 감사를 드립니다. 비록 최고의 전쟁은 아닐지라도 일어나지 않은 것보다는 훨씬 낫다고 생각합니다. 주께서도 "나는 평화가 아니라 검을 주려고 왔다."고 말씀하시지 않았습니까?

주여, 모든 일에서 그렇게 되도록 맹세하겠습니다. 당신의 아이들이 정글에서 우리를 피해 숨을 때도 우리의 눈을 밝히사 어린아이 한 명이라도 놓치지 않게 하소서. 우리의 자비로운 손으로 그들의 고통을 끝낼 수 있게 도와주소서. 주님, 모든 것 안에서 우리를 도와주소서. 당신의 도움만이 우리를 영원히 위협하는 평화의 재앙을 피할 수 있게 해줍니다. 우리가 숭고한 일을 매듭지을 수 있도록 도와주소서.

모든 것을 당신의 아들 조지 패튼의 이름으로 기도합니다.

아멘.

그 자리에는 베트남 미군 사령관인 크레이튼 에이브럼스 장군을 포함해서 고위급 장성들이 있었습니다. 또한 많은 신문기자들도 참석했습니다. 그때 한 사람이 손을 번쩍 들더니 패튼에게 물었습니다. 그것이 블랙호스 부대의 공식 기도문이냐고 물은 것입니다.

저는 그 자리에서 체포되었고, 군법회의에 회부할 것인지를 결정하는 조사가 시작되었습니다. 그들은 결국 군법회의에 회부하지 않기로 결정했습니다. 전쟁범죄에 대해 직접 증언할 수 있는 사관학교 졸업생을 재판에서 심문한다는 것이 쉽지 않았을 것입니다. 대신 '골칫덩어리'를 집으로 돌려

보내기로 했습니다.

저는 곧바로 제대한 뒤 많은 사람들과 함께 반전운동에 참여했습니다. 물론 우리의 뜻이 금방 관철된 것은 아닙니다. 마지막 미군 병사가 베트남을 떠나기까지 무려 4년이란 세월이 걸렸고, 그동안 2만 5천여 명의 젊은 미군 병사가 더 사망했습니다.

26년이 지난 후, 저는 전쟁고아를 아들로 입양한 마이클을 비롯해서 다른 열일곱 명의 전우들과 함께 베트남으로 향했습니다. 우리의 동료들을 묻은 곳, 어처구니없는 이유로 살상을 저지른 곳으로 말이지요. 안내인들은 아직도 전쟁을 기억하고 있는 북쪽 베트남인들과 베트콩 군인들을 만날 수 있도록 주선해주었습니다. 그들은 우리를 따뜻하게 맞아주었습니다. 전쟁에서 이겼으므로 우리에게 관대한 태도를 보이는 것이 어렵지 않았을지도 모릅니다. 이제 그곳 어디에서도 전쟁의 상흔은 찾아볼 수 없었습니다. 롱빈Long Binh에 있는 가장 큰 군사기지였던 곳은 공업단지로 개발되어 새롭게 태어나고 있었습니다.

현재 베트남 인구의 절반은 전쟁 때 태어나지도 않은 사람들입니다. 따라서 과거의 전장을 다시 방문하면서 만난 젊은이들은 우리가 무엇을 기억하고 무엇을 찾고 있는지 궁금

했을 것입니다. 우리는 다시 돌아올 수 없는 먼 길을 떠난 사람들, 사랑하는 가족들 외에는 모두에게 잊힌 사람들에 대한 생각으로 그곳을 다니는 내내 마음이 무거웠습니다.

저는 1969년 지휘관 교체식이 열렸던 건물터에 가 그 위에 서보았습니다. 그 부활절 일요일에 느꼈던 분노와 회의와 두려움이 가슴속에서 생생히 되살아났습니다. 그때 그곳에서 저는 그 기도문의 도움으로 다시 태어났던 것입니다.

우리는 도덕적으로 잘못된 일을 하면서도 타성에 젖어
그냥 되는 대로 흘러가게 내버려두는 경우가 많다.
바로잡아야 한다고 생각하면서도
어쩔 수 없는 상황이라고 변명하며 해결을 뒤로 미룬다.
그러나 어떤 사람은 아주 지혜로운 방법을 통해
부당한 명령에 항거하기도 한다.
아마 누구라도 한 번쯤은 잘못된 일임을 알면서도
용기가 없어서 할 말을 못 하고 미적거린 적이 있을 것이다.
용기를 내는 일은 누구에게나 어렵다. 하지만 진심으로 무언가 변하기를
바란다면 용기를 내야 한다. 일단 용기를 내기만 하면,
그 다음은 미처 알지 못했던 다른 힘들의 도움을 받을 수도 있다

다섯 번째 지혜

완벽주의에서 조금만 벗어나도
인생은 행복해진다

모든 일에 완벽을 추구하는 자세는
나 자신과 다른 사람을 숨막히게 한다.

'인생은 언제나 예측불허, 그리하여 생은 의미를 갖는다.'라는 유명한 말이 있습니다. 그렇습니다. 미래를 훤히 내다볼 수 있다면 사는 재미가 없어질 겁니다. 그런데도 우리는 불확실한 미래를 위해 너무나 많은 시간과 정력을 낭비합니다. 경제적으로 넉넉한 미래의 삶을 위해 현재를 희생하고 있는 것이지요. 이 모두가 부를 얻으면, 즉 성공하면 안전하고 행복해질 수 있다는 믿음에 빠져 있기 때문입니다.

우리는 성공하기 위한 수단으로 가장 먼저 교육을 꼽습니다. 교육을 통해서라면 쉽게 사회적 신분을 높일 수 있고 돈도 많이 벌 수 있다는 생각에서입니다. 한마디로 출세할 수 있다는 것이지요. 물론 높은 수준의 학교를 졸업할수록 신분상승과 경제적 풍요에 더 가까이 다가갈 수 있다는 것은 틀림없는 사실입니다. 그래서 사람들은 전문적인 능력을 갖추기 위해 아낌없이 돈을 지불합니다.

　이렇듯 많은 사람들이 주로 경제적 성공에 초점을 맞추어 말들을 합니다. 그러나 과연 경제적 성공만이 행복한 삶을 영위하는 조건일까요? 자본주의 사회에서는 선뜻 그렇다고 대답하는 사람들이 많습니다.

　그러나 한 가지 알아둘 것이 있습니다. 바로 경제적인 성공을 비롯해 모든 종류의 성공은 결국 인간관계가 뒷받침되어야만 가능하다는 점입니다. 우리는 인간관계를 잘 풀어가는 방법을 배움으로써 성공에 한 발자국 더 다가갈 수 있습니다. 하지만 그런 것은 학교에서 알려주지 않고 그 어디에서도 가르쳐주는 곳이 없습니다. 우리 스스로 깨치고 터득하지 않으면 안 됩니다.

　우리는 주위에서 심심치 않게 완벽주의자들을 볼 수 있습니다. 그들은 자기 자신뿐 아니라 주위 사람들을 닦달하다가 결국에는 따돌림을 당하고 맙니다. 더욱이 그들은 인간의 감정을 믿지 않으며, 오로지 숫자로 셀 수 있는 것에만 집착합니다. 감정은 다스리기 어렵지만 숫자는 완벽하게 통제할 수 있으니까요.

　그런데 문제는 이런 자세로는 다른 사람들과 원만한 관계를 이룰 수 없다는 데 있습니다. 세상을, 그리고 사람들을 마음대로 주무를 수 있다는 꿈, 그것은 헛된 망상입니다. 자기 자신의 마음속에만 있는 완벽을 구현하는 일은 불가능한 것입니다.

물론 완벽주의자가 우리에게 해로운 존재인 것만은 아닙니다. 오히려 그 반대이지요. 그런 사람들 덕분에 세상이 이만큼 발전했다고도 할 수 있습니다. 누가 주의산만한 외과 의사에게 수술을 받거나, 꼼꼼하지 않은 정비사가 점검한 비행기를 타고 싶겠습니까? 완벽주의자들이 일에서 철저하게 최선을 다하는 것은 우리가 본받아야 할 덕목입니다.

그런데 그들의 완벽주의는 어느 순간 일의 영역을 넘어서서 그 사람의 인생 전체를 잠식해가고는 하지요. 많은 엔지니어와 회계사, 그리고 컴퓨터 프로그래머가 저에게 와서 호소합니다. 그들의 일이 얼마나 까다롭고 복잡한지, 일분 일초도 긴장을 놓을 수 없다고 말합니다. 아마 완벽해야 한다는 강박에 사로잡혀서 자신도 모르게 그렇게 된 것이겠지요. 그들은 인간관계에서도 완벽주의에 매달리고 어려움을 호소합니다.

저는 그들에게 좀 더 넓은 마음으로 사람들을 받아들이는 융통성을 가지라고 말합니다. 어떤 사람을 만나건, 특히 가까운 사람을 만날 때는 자신이 생각하는 것과 반대로 행동하라고 충고합니다. 즉 통제하고 싶으면 통제하지 말라는 것이지요. 그러기가 쉽지 않겠지만, 변화는 역시 쉽게 얻어지지 않는 법입니다.

완벽주의자는 어떤 일을 하든 자신의 뜻대로 하기를 바란다.
하지만 사람의 얼굴이 각자 다르듯
우리 모두는 성격도 다르고 능력도 다르다.
서로 다르다는 걸 인정하지 않는 완벽주의야말로
상대를 숨 막히게 만든다.
완벽주의자들의 뜻대로 하면 당장은 일이 잘되는 것처럼 보이지만
훨씬 더 많은 인내와 수고가 따라야 하므로
오히려 역효과가 나기도 한다.
당신 또한 완벽주의 때문에 무언가를 놓치고 있는 것은 아닌가.
완벽주의에서 조금만 벗어나도 인생은 훨씬 행복해진다.

여섯 번째 지혜

좋은 일을 이루는 데에는
시간과 인내가 필요하다

나쁜 일에 빠져드는 데에는 시간이 걸리지 않지만,
거기에서 벗어나는 데에는 상당한 인내가 필요하다.
좋아 보이기만 하는 것을 얻는 일은 쉽지만,
정말 좋은 것을 얻는 데에는 긴 시간이 필요하다.

사람들은 자신을 변화시키는 게 그리 어렵지 않다고 생각합니다. 마음만 먹으면 당장이라도 바뀔 수 있을 거라고 믿습니다. 하지만 변화는 결코 쉽게 일어나지 않습니다. 그래서 바뀌겠다고 결심하고 달려든 사람들은 금세 실망하고 맙니다.

　술이나 담배, 혹은 약물에 중독된 사람은 자신이 언제라도 그것들로부터 빠져나올 수 있으리라 생각합니다. 그러나 중독에서 벗어나려 시도할 때마다 멱살을 잡아채는 금단 증상은 우리의 의지가 얼마나 하찮것없는지 깨닫게 합니다. 따라서 거기서 해방되기 위해서는 특별한 프로그램이 필요합니다.

　폭식이나 도박도 마찬가지입니다. 또한 섹스 중독과 쇼핑 중독도 여기에 포함시킬 수 있겠지요. 아마도 이런 것들로부터 벗어나려고 애썼던 사람들은 중독 탈출이 얼마나 어려운 일인지 잘 알고 있을 겁니다.

여기서 우리는 습관의 힘이 얼마나 무서운지 깨닫게 됩니다. 문제를 일으키는 습관들은 대부분 이성적인 선택에 따른 것이 아닙니다. 운동이나 채식과 관련된 좋은 습관은 이성에 따른 선택일 수 있습니다. 하지만 나쁜 습관들은 우연히 배우는 경우가 많고, 시간이 지날수록 점점 강화되면서 우리의 삶을 파괴할 지경에 이르러서도 꿈쩍하지 않습니다.

이러한 습관들은 충동성이나 향락주의, 이기주의, 성급함, 그리고 주변사람을 통제하려는 욕구 따위의 특성들을 가지고 있습니다. 이런 특성들 때문에 낭패를 본다고 해도 하루아침에 습관이 고쳐지지는 않습니다. 만일 고칠 수 있다고 생각한다면 습관의 힘이 얼마나 무서운지, 그리고 우리가 깨달은 바를 행동으로 옮기는 속도가 얼마나 느린지를 몰라서라고 할 수 있습니다.

사실 한순간에 우리의 생활을 변화시키는 것들을 보면 한밤중에 걸려오는 전화, 사고, 실직이나 실연, 의사에게 듣는 무시무시한 소식처럼 나쁜 일이 대부분입니다.

갑작스러운 희소식은 예기치 않았던 유산 상속, 복권 당첨, 하나님의 방문 외에는 상상하기 어렵습니다. 새로운 학습, 오랜 습관의 변화, 만족스러운 관계 형성, 아이들의 성장

등 우리 삶에서 행복이 만들어지는 과정은 비교적 오랜 시간이 걸립니다. 인내심과 의지가 인생에서 가장 중요한 덕목으로 꼽히는 것은 바로 이 때문이지요.

소비가 미덕인 사회에서는 어디서나 욕구를 즉각적으로 충족시킬 수 있습니다. 사방에서 번쩍이는 광고들은 이런저런 상품들을 소유하기만 하면 바로 행복해질 수 있다고 끊임없이 속삭입니다. 이런 광고들에 포위된 우리는 항상 자신의 현재에 불만족하게 됩니다. 그래서 광고가 이끄는 대로 소비에 뛰어듭니다. 불만의 신속한 해결을 되풀이해서 체험하는 거지요. 체험의 대가는 값비싼 것이어서 결국은 여기저기서 신용불량자가 속출하고 맙니다.

우울증이나 알레르기, 천식 같은 질병을 치료하기 위한 특효약들도 이와 같은 광고와 소비의 메커니즘 안에 들어와 있습니다. 그 때문에 사람들은 코를 훌쩍거리거나 어디가 조금만 아프다 싶으면 곧바로 약을 찾습니다.

아마도 이러한 성급함은 자동차나 비행기, 전화기의 발명에서부터 시작됐을 겁니다. 언제부턴가 우리는 모든 문제를 최대한 신속하게 해결하려고 하는 조급증 환자들이 됐습니다. 그리고 우리의 집중력은 한심할 정도로 짧아졌습니다. 그런 우리를 향해 사건들은 엄청난 속도로 다가옵니다. 때문에 우리는 많은 것들은 기억하지 못하고 눈에 보이는 것에만 관심을 갖게 되었습니다.

우리는 텔레비전에 나오는 스타, 운동선수 등 젊고 잘생기고 부유한 사람들에게 관심을 기울입니다. 하지만 모두가 그들처럼 되기를 바란다면, 세상은 어떻게 될까요? 탐욕과 질투로 가득한 실망스러운 곳이 되고 말 겁니다. 또 실제로도 적잖이 실망스러워져 있는 게 사실이고요.

건설은 파괴보다 항상 느리고 복잡합니다. 저는 한때 군인이었습니다. 제가 군복을 벗은 이유는 파괴를 즐기지 않았기 때문이 아닙니다. 유감스럽게도 저는 파괴를 대단히 즐겼습니다. 저 스스로 정말 화가 나는 것은 생명을 파괴하는 것이 지키는 것보다 너무도 쉽다는 사실입니다.

인류의 미래는 살육자들과 평화수호자들 간의 투쟁으로 결정될 것입니다. 사람들은 항상 살육을 어떤 식으로든 정당화합니다. 하지만 세상 모든 일이 그렇듯이 우리를 규정하는 것은 변명이 아니라 행동입니다.

안일함과 노력 사이의 긴장은 우리의 일상에도 작용합니다. 만일 변화가 우연히 갑작스럽게 찾아온다고 믿는다면, 별로 노력하려 들지 않을 겁니다. 하지만 원하는 모습의 사람이 되는 일은 그렇게 쉽지 않습니다.

세상은 우리에게 시간과 인내와 성찰을 요구합니다. 파괴보다 건설을, 되는 대로 사는 것보다 열심히 사는 것을, 보이는 것보다 실재하는 것을 중요하게 생각해보세요. 언젠가는 삶을 만족스럽게 사는 방법을, 탄생과 죽음 사이에서 깜박이는 빛을 발견할 수 있을 것입니다.

언제 어디서나 손쉽게 욕구를 충족시킬 수 있는 시대이기 때문인지
우리는 종종 조급증 환자처럼 행동하고는 한다.
하지만 인생의 좋은 것들은 단번에 이루어지지 않는다.
기다릴 줄 아는 인내가 필요하다.
세상의 속도가 아니라 내면의 속도에 귀를 기울여라.
느리더라도 확실한 걸음을 내딛는 사람이 돼라.
되는 대로 사는 삶보다
더딘 듯 단단하게 쌓아가는 삶이 더 많은 것을 이룬다.

일곱 번째 지혜

더 나은 삶을 위해서는
때로 방황이 필요하다

인생에는 미처 다 가볼 수 없는 여러 갈래 길이 있다.
그 여러 갈래 길 사이에서 잠시 이탈하거나 행로를 변경하는 것은
방황이라는 이름의 행복한 모험일 수 있다.

우리는 직선적인 삶을 선호합니다. 우리는 달성하고자 하는 목표를 소중히 여기고 그 목표를 향한 최단경로를 찾아 인생을 설계합니다. 우리는 교육 시스템 속에서 이러한 여정을 시작하고, 그곳에서 권위에 대한 복종과 근면, 타인과의 협력 등을 배웁니다. 그리고 이러한 것들을 잘 지키면 성공한 삶, 행복한 삶을 이룰 것이라고 생각하지요.

하지만 상담을 하다 보면 이러한 약속이 제대로 지켜지지 않고 있다고 느끼는 중년의 남성들을 많이 만납니다. 안정된 직장에 다니고, 집을 소유하고, 아내와 아이를 둔 사람들이 어째서인지 방황합니다. 그들은 자신이 원해서 갖게 된 것들을 부담스러워하는 한편, 이미 놓쳐버리고 흘러간 것들을 아쉬워합니다.

목표를 향해 줄기차게 달려온 사람을 뒤흔드는 것들 중 하나는 바로 섹스입니다. 섹스는 세상의 규칙에 충실하면 행복해진다는 믿음을 무너뜨립니다. 그것은 믿음이 무너진 자리에서 굉장히 위력적인 페로몬을 내뿜습니다. 남자들은 종종 자신의 성적인 매력과 자존감을 연결시키는데, 그 때문인지 얌전히 살다가도 어떤 나이가 되면 바람을 피우고 스포츠카를 사고는 하지요.

1960년대와 1970년대는 미국의 젊은이들이 '자퇴'라는 형식을 빌려 반항을 했던 시기입니다. 부모들이 만들어놓은 물질만능주의 세상과 정의롭지 못한 베트남전쟁에 환멸을 느낀 많은 젊은이들이 세속적인 성공으로 가는 진로를 무작정 거부했던 것이지요.

당시 구세대인 어른들은 이러한 젊은이들의 '반(反)문화'를 몹시 두려워하고 증오했습니다. 그들은 젊은이들이 심취한 음악을 이해할 수 없었고, 약물남용을 비난했으며, 개방적인 섹스를 개탄하는 동시에 부러워했습니다.

그런데 이들 반항적인 젊은이들 대다수가 지금은 어른이 되어서, 그들의 부모가 과거에 그랬던 것처럼 우리 사회의 '구세대'가 된 것입니다. 하지만 다행스럽게도, 그들이 방황하는 과정에서 배우고 사람들에게 가르친 가치는 손상되지 않은 채 자식 세대에게로 전수됐습니다.

오래전에 소설가 스티븐 빈센트 베네Stephen Viecent Benét
는 이렇게 표현했습니다.

"돈은 음침하고 지혜는 교활하지만, 젊음은 하늘에 날리
는 꽃가루! 젊은이들은 왜냐고 묻지 않는다."

지금도 교육이라는 열차에서 뛰어내려 세상 구경을 하는
젊은이들이 있습니다. 군대나 평화봉사단에 참가하는 등 교
실에서 배우는 것과는 다른 방식으로 스스로를 교육하는 모
험적인 젊은이들이 있습니다. 우리도 다시 과거로 돌아가
우리가 그들에게 가르쳤던 것처럼 행동해야 합니다. 인생의
후반에 직업을 바꾸고, 이혼을 하고, 영적인 탐색을 하는 것
은 정상적인 길에서 멀어져 '방황'하는 것처럼 보이지만, 실
은 삶의 의미와 행복을 찾는 모험에 뛰어드는 용기의 표현
일 수도 있습니다.

1960년대에는 이런 탐색을 '우리 자신을 찾으려는 노력'
이라고 불렀습니다(어느 부모는 자신의 자녀는 너무 오랫동안 탐
색하더니 자기 속에서 서로 다른 몇 사람을 발견했다고 빈정거리기도
하더군요). 직선은 두 점 사이의 최단거리지만, 인생은 독특
한 기하학적 구조를 가지고 있습니다. 종종 우리는 직선 위
를 걷는 대신 우회하고 빈둥거리던 중 진정한 자신을 발견
하기도 합니다. 우리에게 탐색의 길을 안내하는 지도는 존

재하지 않습니다. 따라서 우리는 희망과 기회와 직관과 용기에 의존해서 살아가야 하는 것입니다.

많은 사람들이 미쳐 가보지 못한 길에 대한 미련을 품는다.
성공한 사람도 실패한 사람도 마찬가지다.
그래서 중년이 다되어 학교에 들어가는 사람이 있는가 하면,
대학 교수를 하다가 요리 공부를 하러 이탈리아로 유학을 가는 사람도 있다.
중간에 행로를 바꾸는 사람들을 보면서
너무 무모한 게 아닌가 하는 생각을 할 수도 있다.
하지만 그들은 오히려 용감하게 모험을 선택한 것이다.
하나의 목표를 향해 매진한다고 해서 성공한 인생은 아니다.
인생의 여러 갈래 사이에서 방황하는 사람이라고 해서
모두가 헛살고 있는 것도 아니다.
시행착오를 겪으면 때로는 힘이 들 수도 있지만,
그런 과정이 오히려 인생을 더욱 풍요롭게 해주기도 한다.

집착이나 망상은
사랑이 아니다

진정한 사랑은 집착이나 망상처럼 혼자서 키우는 감정이 아니다.
진정한 사랑은 둘이서 이루는 관계다.

짝사랑은 가질 수 없는 것을 탐하는 욕
망입니다. 우리 중 짝사랑의 고통을 느껴보지 않은 사람이
있을까요? 청소년기의 일방적인 짝사랑은 어른이 되면서 완
벽한 파트너를 찾는 탐색으로 발전합니다. 나를 완전하게 채
우고, 나의 가치를 깊이 인정해주면서, 나의 노년을 사랑으
로 감싸줄 거라고 믿는 사람을 찾는 것입니다. 하지만 이러
한 탐색은 절실한 일인데도 좀처럼 잘되지 않습니다.

우리는 더할 나위 없이 편안하고 안정된 사랑을 갈구합니
다. 마치 어린 시절에 부모에게서 받은 것과 같은 헌신적인
애정을 다시 받고 싶어 하는 거지요.

혹여 부모에게서 그런 사랑을 받지 못했다 해도 불확실하
고 냉정한 세상 속에서 바람막이가 되어줄 사람을 원합니
다. 이 욕망은 너무나 강해서 때로는 그 욕망을 아무에게나
투사하고 그 사랑이 돌아오지 않는다는 사실은 무시해버리

고 맙니다.

　가장 안타까운 상황은 이러한 감정을 생면부지의 사람을 향해 품는 것입니다. 텔레비전이나 영화에 출연하는 배우들은 그들이 연기하는 인물이나 겉으로 드러난 모습에 기초해 대중들에게 숭배의 대상이 됩니다. 그러면서 그들의 프라이버시는 연기와 실제를 착각한 광적인 숭배자들에 의해 침범을 당합니다.

　때로 이러한 욕구불만의 감정들은 또 다른 형태로 변형되기도 합니다. 존 힝클리라는 사내는 영화배우 조디 포스터를 만나고 싶다는 열망을 이루기 위해 그녀에 버금가는 유명인사가 되고자 했습니다. 그 결과 그는 레이건 대통령을 저격했고, 우리 모두에게 짝사랑의 위험성에 대한 강력한 경고를 남겼습니다.

　사랑과 집착은 그 경계선이 희미해서 구분하기가 매우 어렵습니다. 중요한 차이점이 있다면 집착은 혼자만의 감정이라는 사실입니다. 집착은 혼란을 일으키는 거짓 믿음인 망상과 가까운 사촌지간입니다.

　예를 들어 사랑은 정부에 의해 감시를 당하거나 박해를 받고 있다고 상상하는 망상과는 다른 것입니다. 망상은 설득력이 없고 자기 중심적인 믿음에 불과하지만, 누군가를 흠

모하는 마음은 불가능한 것에 도전하는 이상주의자의 낭만
적인 특징을 갖고 있습니다.

스토커의 위험한 집착보다 한 단계 위에는 제가 '끝나지
않는 사랑'이라고 부르는 감정이 있습니다. 이런 감정은 종
종 학대받는 여성들이나 이미 끝난 관계를 끊임없이 반추하
는 사람에게서 발견되고는 합니다. 그들은 "그는 저에게 상
처를 주고 떠났지만, 아직도 저는 그를 사랑합니다."라는 말
로 이야기를 시작합니다. 그리고 자신의 감정을 고귀한 불
멸의 사랑이라고 주장합니다. 하지만 자칫 그들의 사랑은
하찮은 마조히즘으로 오해받을 수도 있습니다.

무모하지만 흔히 볼 수 있는 또 다른 환상으로 '첫눈에 반
하는 사랑'이 있습니다. 이 사랑은 실망을 예약해둔 사랑입
니다. 갑자기 밀려오는 강력하고 거의 종교적인 이 감정은
두 사람의 관계를 마음과 마음이 통하는 우정으로 발전하지
못하게 방해합니다. 우정은 시간과 보살핌과 어느 정도의
이성적인 사고를 필요로 하는 감정이기 때문입니다.

공통된 관심사에서 오는 호감이나 성적인 이끌림보다도
강력한, 이해하거나 설명하기 어려운 불가사의한 감정을 경
험할 수는 있습니다. 하지만 그렇다고 해서 사랑에 빠지는
것이 캄캄한 절벽에서 발을 내딛는 것처럼 무모한 행동이어

서는 곤란합니다.

　사랑을 강하게 만드는 것은 두 사람이 함께한다는 사실입
니다. 고독이 그렇듯이, 혼자 느끼는 감정은 강렬할지 모르
지만 지속적이거나 유익하지는 않으며 자기중심적입니다.
확인되지 않는 사랑, 맨땅에 헤딩을 일삼는 사랑은 쓸쓸하
고 불행하며 종종 위험하기까지 한 감정입니다. 무릇 소통
하지 못하는 것은 변질되기 때문입니다.

어떤 이는 짝사랑을 빙자하며 누군가를 신격화한다.
자신은 아무것도 바라지 않고 오직 헌신적인 마음을 다할 뿐이라고.
그러나 그것은 제대로 된 사랑이 아니다.
성숙하고 바른 감정이 아닌 혼자만의 망상이기 때문이다.
사랑은 인간이 지닌 가장 위대한 능력이며,
인간이 느낄 수 있는 최고의 감정이다.
어쩌면 지금, 사랑을 빙자한 망상이나 집착을 하고 있는 것은 아닌가?

아홉 번째 지혜

같은 행동을 반복하면서
다른 결과를 기대할 수는 없다

실수는 누구나 한다.
문제는 우리가 같은 실수를 반복한다는 것이다.
인생이 불행하다면 지금과는 다른 방식으로 살아보려는 노력을 해야 한다.

실수는 누구나 합니다. 시행착오를 통해 학습이 이루어지므로 실수는 당연한 것이며, 그것들 중 대부분은 만회할 수 있습니다. 다만 안타까운 점은 많은 사람들이 같은 실수를 반복한다는 사실입니다. 특히 우리는 사랑하는 사람을 선택하는 일에서도 같은 실수를 되풀이하고는 합니다.

어떤 사람은 재혼을 "희망이 경험을 압도하는 승리"라는 말로 표현하기도 했습니다. 다시 말해 잘 살 수 있다는 희망이 과거의 실패 경험을 눌렀기 때문에 다시 결혼을 하게 됐다는 거지요.

사람들은 첫 번째 결혼에서 배운 교훈이 두 번째 결혼을 위한 선택과정에서 도움이 되기를 은근히 기대합니다. 하지만 안타깝게도 재혼의 실패율은 초혼보다 50퍼센트나 더 높습니다.

이러한 조사결과 뒤에 있는 진실은 우리가 마흔 살이 되어도 스무 살 때와 다름없이 생각하고 행동한다는 것입니다. 그렇다고 해서 그동안 아무것도 배우지 못한다는 의미는 아닙니다. 사실 대부분의 사람들은 이 시기에 정규교육을 마치고 사회에 나가 자기 몫을 합니다. 단지 우리 자신에 대해 아는 문제와 동반자를 선택하는 문제에서는 지혜로워지지 못하는 것입니다.

아마 우리가 하는 행동의 대부분은 무의식적인 의도에 의해 이루어지고 있을 겁니다. 다만 우리는 우리 자신이 설명 가능한 행동을 하는 이성적인 사람이라고 자부하기 때문 자신의 습관적인 행동을 거의 의식하지 못하겠지요. 과거의 욕구와 욕망과 경험에 의해 많은 행동이 좌우되고 있다는 사실도 인정하지 않고요.

예를 들어, 무언가를 '잊어버리는' 행위는 무의식적으로 부주의를 방조하는 것으로 이해할 수 있습니다. 치과에서 일상적으로 환자들에게 약속 날짜를 상기시켜야 하는 이유가 뭘까요? 치과에 가는 것은 대부분의 사람들에게 불쾌한 경험이기 때문에 사람들은 그 약속을 쉽게 잊는 것입니다. 생일이나 기념일, 이름, 또는 약속 따위를 잊는 경우에도 우리 마음속에는 공개적으로 인정하고 싶지 않은 의도가 숨어 있을 수 있습니다.

인생의 동반자와 소통하는 문제도 마찬가지입니다. 사람들이 하는 행동은 대부분 자의식의 표현입니다. 그것과 무관한 행동은 거의 없습니다. 저는 종종 사람들에게 배우자를 선택할 때 자신에게 이렇게 물어보라고 조언합니다. '이 사람과 결혼하면 나 자신에 대해 어떤 식으로 느끼게 될까?' 혹은 영화 〈이보다 더 좋을 순 없다As Good As It Gets〉에 나오는 잭 니콜슨의 대사처럼 "이 사람은 내가 더 훌륭한 사람이 되고 싶도록 만드는가?"라고요.

반복적인 실수의 가장 대표적인 예는 부부싸움에서 찾아볼 수 있습니다. 부부싸움이라는 화제가 나오면, 저는 종종 내담자에게 이렇게 묻습니다.

"당신이 그런 말을 하면 대화가 어떤 방향으로 진행될지 생각해봤나요?"

부부싸움이 시작된 지점으로 돌아가보면, 거의 항상 상대방 기분을 상하게 하고 반발하고 싶게 만드는 명령이나 비난, 직설적인 모욕을 발견하게 됩니다. 예를 들어 아내가 아침부터 불평을 하자 "잔소리 좀 그만 해!"라고 소리를 질렀다고 해봅시다. 당연히 분위기가 험악해졌겠지요. 어째서 부부싸움이 날 게 뻔한 말을 했느냐고 물어보면, 그들은 종종 방어적이고 보복적인 태도로 대꾸합니다.

"난 나 자신을 방어할 권리도 없단 말인가요?"

우리는 흔히 가장 가까운 사람들끼리 서로 으르렁거리며 힘겨루기 하는 것을 보게 됩니다. 두 사람이 운명을 함께한다는 생각은 잊은 채 서로의 자존심을 건드리는 싸움을 날마다 되풀이합니다.

부부에게 서로 비난하지 말라고 하면 그들은 책임을 상대방에게 돌립니다. 이런 모습은 마치 평화를 원하면서도 섣불리 먼저 휴전을 선언했다가 손해를 볼까 두려워하는 국가들 간의 분쟁을 떠올리게 합니다.

이런 행동의 한가운데에는 상대방에 대한 불신이 자리 하고 있습니다. 많은 인간관계에서도 마찬가지입니다. 저는 보통 "밑져야 본전이니 한번 노력해보세요."라고 제안합니다. 그러면 그들은 "언제까지 노력해야 하죠?"라고 묻습니다.

차라리 그들은 "제가 왜 믿을 수 없는 사람과 살아야 하나요?"라고 물어야 하는데, 그렇게 하지 않습니다. 이 질문에 답하려면 불행한 관계를 유지하면서도 오랜 세월 함께 살아온 모든 이유, 즉 돈이나 아이들 걱정, 혼자가 되는 두려움, 단순한 타성 따위를 인정해야 하기 때문입니다.

슬픈 사실은 대부분의 사람들이 행복을 기대하지 않는다

는 겁니다. 행복을 산타클로스나 숲 속의 왕자처럼 비현실적인 무언가로 생각하는 것이지요. 그리고 지속적인 기쁨이란 영화 속의 배우들이 만들어낸 낭만적 이상에 불과하며, 수백만 달러짜리 저택이나 전용 비행기만큼이나 우리 현실과 무관한 것으로 여깁니다. 이런 생각을 하고 있는 한 삶에 변화를 가져올 수는 없습니다. 사람들은 불가능하다고 생각하는 목표에 기대를 걸지 않기 때문입니다.

사람들에게 변화하라고 말하는 것은 희망을 함께 나누기 위해서입니다. 사람들은 대부분 자신의 삶에 대해서는 냉소적이면서 자녀들은 더 나은 인생을 살기 바랍니다.

종종 저는 자녀에 대한 이런 바람을 이용해서 사람들이 뭔가 새로운 시도를 하게 만듭니다. 아이들이 부모를 보면서 삶에 대해 배운다는 사실을 상기시키고, 자녀들을 위해서라도 친절과 인내로써 본보기를 보이라고 설득하는 것이지요. 그다음에는 뻔한 결과로 이어지는, 그들의 반복적인 행동에 대해 생각해보도록 합니다.

대부분의 사람들은 실험과 그것을 평가하는 인과관계의 개념에 충분히 익숙합니다. 만일 과거에 했던 행동이 만족스럽지 못한 결과를 낳았다면, 이번에는 새로운 방법을 모색해야 할 것입니다. 저는 이론보다는 실용적인 면을 강조

합니다.

"제가 모든 관계에 적용할 수 있는 대답을 갖고 있는 것은 아닙니다. 다만 쓸모 있을 수도 있는 수단을 조금 알고 있을 뿐이죠. 지금 당신이 하는 행동은 쓸모가 없습니다. 그렇다면 다른 식으로 해봐야 하지 않겠습니까?"

사람들은 아무런 변화 없이 반복되는 생활에서 벗어나고자 한다.
하지만 대개 생각에서 그치고 말 뿐,
어제와 똑같은 오늘을 반복하고는 한다.
관성화된 습관이나 행동을 바꾸는 것은 쉽지 않다.
하지만 행동을 바꾸지 않고서는 변화를 기대할 수 없다.
타성에 젖은 삶에서 벗어나 활력을 되찾는 일,
그것은 바로 나 자신만이 할 수 있는 일이다.

열 번째 지혜

시행착오 속에서 인생이라는
지도가 완성된다

우리는 수많은 시행착오를 통해 얻은 삶의 교훈으로
나만의 지도를 만들어간다.
끝없이 지도를 수정해야만 더 정확하고 바른 길로 나아갈 수 있다.

젊은 시절 제82공수사단에서 초급장교로 복무할 때의 일입니다. 노스캐롤라이나에 있는 포트 브래그Fort Bragg 기지로 전지훈련을 간 적이 있습니다. 당시 휘하에 있던 베테랑 중사 하나가 지도를 보고 있는 제게로 다가와 물었습니다.

"우리가 어디 있는지 아시겠습니까, 소위님?""글쎄, 지도에 따르면 저쪽에 산이 있어야 하는데 보이지가 않는군." 제 대답을 들은 중사는 매우 인상적인 말을 했습니다. "만일 지도가 지형과 다르다면, 지도가 잘못된 겁니다." 중사의 말은 적절한 것이었습니다. 저는 오랜 세월 동안 갖가지 문제로 고민하는 사람들을 만나 상담하면서 그 사실을 여실히 깨달을 수 있었습니다.

사람들은 제각기 머릿속에 삶은 이러이러하고 저러저러하게 생겼다는 나름의 '인생 지도'를 갖고 있습니다. 그리고 이 지도는 사는 동안 온갖 우여곡절을 겪으면서 조금씩 수정됩니다. 결국 인생이란 '머릿속의 지도를 내가 걷고 있는 현실에 맞게 그려가는 과정'이라 할 수 있습니다.

물론 이런 지도가 부모님의 보호 아래 커나가는 동안 제대로 다 그려진다면 더할 나위 없이 좋을 겁니다. 실제로 부모는 자신이 깨달은 삶의 교훈들을 전해줌으로써 아이들이 지도를 만들고 다시 수정하는 수고를 크게 덜어주려 노력합니다.

하지만 불행히도 아이들은 부모가 가르쳐준 대로 행동할 만큼 고분고분하지 않습니다. 그리고 세상에는 아이들이 보고 배울 만한 구석이 없는 부모도 많이 있습니다. 따라서 아이들은 숱한 시행착오를 저지르면서 삶의 가르침들을 하나하나 자력으로 배워나가게 되는 것입니다.

우리에게 적절한 가르침이 필요한 삶의 중대사를 하나 꼽자면 배우자를 고르는 일과 결혼생활을 잘 꾸려가는 일을 들 수 있습니다. 결혼한 부부의 절반 이상이 이혼으로 갈라서는 우리의 현실을 보면, 사람들이 이 문제를 그다지 잘 처리하지 못하고 있는 것이 분명합니다.

우리 부모 세대만 보아도 단박에 알 수 있습니다. 수십 년을 동고동락하며 살아왔건만 결혼생활에 만족하지 못하고 따분함이나 갈등을 느끼고 있는 경우가 대부분입니다. 그들이 사는 모습에서는 필시 과거에는 누렸을 즐거움이나 감정적인 만족감이 보이지 않습니다. 그저 생활비를 벌고, 자녀 학자금을 마련하고, 차를 사고, 집을 얻고, 노후보장용 보험이나 연금에 가입하는 등의 먹고사는 경제적 문제를 함께 처리하는 동거인으로서의 성격만이 확연하게 드러납니다.

배우자와의 관계는 50년은 고사하고 5년 후에 어떻게 될지도 알 수 없습니다. 세월과 함께 사람도 변하기 때문에 젊었을 때의 사랑이 지속되기를 기대하는 것은 순진한 바람에 불과합니다. 사람들은 한때 좋아서 결혼했다가 결국 실망해 이혼하는 시행착오를 거칩니다. 그러면서 다시 자신과 평생을 함께할 수 있는 알맞은 짝을 찾는 거지요.

그런데 문제는 이러한 과정이 아이들을 키우는 데는 그다지 바람직하지 못하다는 사실입니다. 머릿속 지도에 세상 돌아가는 이치를 한창 그려나가고 있는 아이들에게는 무엇보다 자신을 낳아준 아버지와 어머니란 존재의 지속적이고 안정적인 교육이 필요하기 때문입니다. 이런 필요 때문에라도 어떤 사람이 평생을 함께할 수 있는 짝인지 알아내는 방법을 일찍 터득하면 좋을 것입니다. 과연 어떤 방법이 있을까요?

생각을 뒤집어보면 그 방법 중 하나를 쉽게 알 수 있습니다. 어떤 사람이 자신의 짝으로 적당하지 않은지 알아보는 것이지요. 이를 위해서는 사람들의 성격에 대해 파악할 필요가 있습니다.

우리는 사람의 성격에 대해 겉으로 드러나는 부분만을 보고 판단하는 습관이 있습니다. "그는 아주 매력적이다."라는 표현은 보통 호감을 주거나 재미있는 사람을 두고 하는 말입니다. 이러한 매력은 겉으로 쉽게 드러나기 때문에 만난 지 얼마 안 된 사람한테서도 발견되는데, 이는 흔히 성격의 한 부분으로 여겨집니다.

하지만 매력과 달리 겉으로 쉽게 드러나지 않는 성격의 다른 부분들도 많습니다. 꼼꼼함, 인내심, 친절, 의지 등이 바로 그것이지요. 이것들은 사람마다 각기 다르게 갖고 있는, 세상을 살아가는 데 있어 매우 가치 있는 품성입니다. 또한 쉽게 변하지 않는데다, 시간을 두고 사귀어야만 제대로 알아볼 수 있는 것들이기도 합니다.

반면 이것들과 동일한 특성을 가지면서도 결코 바람직하지 않은 품성도 있습니다. 충동성, 이기심, 성급함 등입니다. 이것들은 흔히 한 사람 안에서 함께 발견되고는 합니다.

우리가 배우자를 만나 행복한 가정을 이루지 못하고 중도에 결혼생활을 접고 마는 이유는 이런 품성들이 처음에는 쉽게 눈에 띄지 않다가 뒤늦게 발견되기 때문입니다.

우리가 가치 있는 품성을 지닌 사람과 그렇지 않은 사람을 구별할 수 있는 지도를 갖고 있다면 인생을 살면서 많은 고통을 줄일 수 있을 것입니다. 무엇보다, 좋은 친구와 연인을 얻는 데 도움이 될 것입니다.

사람을 만나면서 가장 주의 깊게 살펴야 할 품성 중에는 '친절함'이 있습니다. 친절함은 상대방의 감정을 세심하게 배려하면서 관계를 부드럽게 만들어주는 역할을 하기 때문에 우정이나 사랑을 이어가는 데 있어 매우 중요합니다. 우리가 만나는 누군가가 친절한 사람인지 아닌지는 조각상이나 그림을 감상하고 판단할 때처럼, 명쾌하게 규정할 수는 없지만 느낌으로 알 수 있습니다.

우리는 '친절함'이라는 가치를 지침으로 삼아 오래도록 사귈 사람과 그럴 가치가 없는 사람을 구분해야 합니다. 그리고 이 지침은 우리 머릿속 지도에 포함되어 있어야 합니다. 만일 머릿속 지도에 친절한 사람을 알아보는 방법이 그려져 있지 않다면, 사는 동안 잘못된 선택을 해버리고 슬퍼하거나 노여워하게 될지도 모릅니다. 또한 자신의 어리석음에 놀라면서 배신감에 치를 떨게 될지도 모릅니다.

여태껏 이런 고통을 피해왔다면 좋겠지만, 그렇지 못했다면 서둘러 머릿속에 그려진 지도를 면밀히 살핀 뒤 수정해야 합니다. 그리하여 훗날 똑같은 실수를 되풀이해 또다시 고통받는 일이 없도록 해야 할 것입니다.

살아가는 데 필요한 모든 지혜를 갖추고 있다면 얼마나 좋을까.
그러나 우리는 깨지고 아파하며 시행착오를 거친 뒤에야
비로소 삶이 무엇인가를 조금씩 깨닫게 된다.
부모들의 가르침이나 학교에서 배운 지식으로는
삶의 우여곡절을 피할 수 없다.
연인과 이별을 겪은 뒤에야 자신에게 어울리는 사람을 알게 되고,
아프고 난 뒤에야 건강의 소중함을 깨닫게 된다.
그러니 인생이 뜻대로 되지 않는 것을 너무 원망하고 자책하지 말자.
실수를 통해 깨달은 바를 하나씩 머릿속 지도에 담아가다 보면
차츰 인생이라는 항해가 순탄해질 것이다.

열한 번째 지혜

말이 아닌 행동이
바로 나 자신이다

우리를 정의하는 것은 우리의 생각이나 말, 느낌이 아니다.
우리의 행동이 우리가 누구인지를 드러낸다.

사람들은 종종 저에게 와서 약을 처방해달라고 합니다. 그들은 슬픔에 빠져 있고, 피곤해하며, 전에는 기쁨을 느꼈던 일에 더 이상 흥미를 느끼지 못합니다. 잠을 잘 자지 못하기도 하고 반대로 하루 종일 잠만 자기도 합니다. 식욕이 없거나 너무 많이 먹는가 하면, 초조하고 건망증이 심하다고 호소합니다. 종종 죽고 싶다는 생각도 든다고 합니다. 그리고 행복이 어떤 것인지 더 이상 기억나지 않는다고 말합니다.

저는 그들의 이런 하소연에 귀를 기울입니다. 물론 각자의 사연은 모두 다릅니다. 하지만 그들에게는 공통점이 있습니다. 그들의 가족은 그들과 마찬가지로 우울하게 살아가고 있고 그들은 걸핏하면 만나는 사람들과 감정적으로 충돌해 다툼을 벌입니다. 모든 일에 심드렁해하고 관심과 애정을 보이지 않습니다. 하는 일은 불만스럽고, 마음이 맞는 친구도 없고, 하루하루가 아무 변화 없이 똑같이 느껴져 지루하기 짝이 없다고 느낍니다. 자신은 다른 사람들처럼 그럭저럭 재미를 느끼며 살아갈 수 없다고 생각합니다.

이런 사람들에게 저는 좋은 소식과 나쁜 소식이 있다고 말해줍니다. 먼저 좋은 소식은 우울증에 효과적인 치료약이 있다는 것이고, 나쁜 소식은 약물치료가 사람을 궁극적으로 행복하게 만들어주지는 않는다는 사실입니다.

결국 우울하지 않다고 해서 행복한 게 아니라, 삶에서 의미를 찾고 기쁨을 느낄 수 있어야 진정으로 행복한 것입니다. 따라서 약물치료만으로는 잃어버린 행복을 되찾을 수 없으며, 그에 앞서 자신의 생활방식에 어떤 문제가 있는 게 아닌지 되돌아볼 필요가 있습니다.

사람들은 자주 자신의 꿈과 바람에 대해 이야기합니다. 하지만 그것들을 이야기한다고 해서 기분이 바뀌지는 않습니다. 생각이나 말로는 아무것도 달라지지 않기 때문입니다. 우리는 우리가 생각하는 것, 말하는 것, 느끼는 것이 아닙니다. 우리의 행동이 바로 우리 자신입니다.

이것은 사람과의 관계에서도 그대로 적용할 수 있습니다. 어떤 사람을 판단할 때는 그가 무슨 말을 하는가보다 어떤 행동을 하는가를 보고 평가해야 실수가 적습니다. 무릇 행동하기보다는 말하기가 쉬운 법입니다. 우리가 매일 듣는 수많은 말 중 상당수는 우리 자신이나 남들을 속이는 거짓말입니다. 누군가의 거짓말이 탄로 났을 때 사람들은 황당해하면서 배신감을 느낍니다. 그리고 그 사람의 말을 믿기 전에 먼저 행동을 살폈어야 했다며 때늦은 후회에 빠지곤 합니다. '지금 하는 행동이 그 사람의 미래를 말해준다.'는 사실을 염두에 두고 이 격언을 모든 일에 적용시킨다면, 아마도 이런저런 가슴 아픈 일들을 훨씬 적게 겪을 수 있을 것입니다.

미국의 저명하고 지적인 영화감독이자 배우인 우디 앨런은 일찍이 다음과 같은 명언을 만들어냈습니다.

'삶의 80퍼센트는 밖으로 드러나 보인다.'

세상에는 자신의 삶을 개선하기 위해 새로운 시도와 노력을 아끼지 않는 사람들이 있습니다. 하지만 사람들 대부분은 변화를 두려워해서 순탄하고 안전한 행동만을 반복합니다. 그 결과 그들의 삶은 안정되어 있지만 결코 개선되지는 않습니다. 우디 앨런의 지적처럼 그들이 현재 살아가는 모습을 보면 그들 인생의 80퍼센트를 보았다고 말해도 무방할 정도로 삶에 변화가 없어지게 되는 겁니다.

때문에 우리 사회도 권태가 만연한 곳이 되어버렸습니다. 사람들은 이제 권태에서 벗어나기 위해, 아니 권태를 잊기 위해 여흥과 자극을 찾아 헤맵니다. 그러면서 자신들의 인생에 던져진 다음과 같은 질문들에 무책임한 행동으로 답합니다.

- 왜 우리는 여기 있는가?
- 왜 우리는 이렇게 살고 있는가?
- 왜 우리는 근심하는가?

우리는 대체로 기대한 만큼의 결과를 얻습니다. 기대 이상이나 이하의 결과를 얻었다면 운이 좋았거나 나빴다고 해야겠지요. 공을 잘 치는 타자에게 타석에 오를 때 무슨 생각을 하는지 물으면 이렇게 대답할 겁니다.

"공을 경기장 밖까지 날려 보내야죠!"

그에게 최고의 타자들도 세 번 타석에 올라 두 번은 아웃을 당하지 않느냐고 지적하면 그는 이렇게 말할 겁니다.

"압니다. 하지만 이번에는 틀림없습니다."

사람들을 행복하게 만드는 세 가지 요인은 일과 사랑하는 사람, 그리고 기대감입니다. 일을 하세요. 사랑을 하세요. 한번 생각해보십시오. 보람을 느낄 수 있는 일을 하고, 사람들과 원만한 관계를 유지하고, 미래에 대한 보장이 있다면, 불행할 이유가 없지 않을까요?

먼저 일에 대해 말하자면, 저는 누군가가 골프나 카드놀이에서 즐거움과 보람을 느낀다면, 그가 '일'을 하고 있는 것이라고 말합니다. 꼭 보수를 받는 활동만 일이라고 하기에는 사람들의 생활이 그리 단순하지 않은 까닭입니다.

만일 사람들의 생활이 단순해서 모두가 같은 것을 좋아한다면 그야말로 난리가 날 겁니다. 축구에 대한 관심이 비정상적으로 늘어나 열에 일고여덟이 축구에 열광하는 월드컵 때의 상황을 떠올려보면 쉽게 이해가 가겠지요.

'사랑'을 정의하기는 아마 쉽지 않을 겁니다. 사랑이라는 감정 자체가 불가사의하기 때문에 누군가를 사랑하는 것이 어떤 의미인지, 또한 제가 사랑하는 누군가가 왜 다른 이가 아닌 그 사람인지 말로 표현하기는 어렵습니다.

만일 내 욕망만큼 다른 어떤 사람의 욕망이 중요하게 느껴지는 것을 사랑이라고 정의하면 어떨까요? 순수한 사랑을 한다면 자신보다는 상대방의 행복을 염려하고, 그가 원하는 것과 자신이 원하는 것을 구분할 수 없게 됩니다. 저는 사람들이 누군가를 정말 사랑하는지 판단할 수 있도록 다음과 같은 유도질문을 하곤 합니다.

"그 사람을 위해서 대신 총을 맞을 수 있겠습니까?"

이것은 물론 극단적인 예를 들어본 겁니다. 현실에서는 이런 희생을 감수하면서 사랑을 확인해야 하는 경우가 드뭅니다. 그리고 자신을 보존하려는 본능적 욕구가 사랑과 충돌하면 어떤 결과를 낳게 될지 알 수 없습니다. 하지만 그런 극단적인 상황을 상상하는 것만으로도 우리는 자신의 애정이 어느 정도인지를 가늠해볼 수 있게 됩니다.

대개의 경우 자신을 희생해서라도 구해내고 싶은 사람은 이 세상에서 단 몇 명밖에 되지 않습니다. 먼저 자녀들이 있을 테고, 배우자나 연인을 포함시킬 수도 있을 겁니다.

우리가 누군가를 진짜로 사랑하고 있는지 아닌지는 일상적으로 하는 행동을 보면 알 수 있습니다. 일례로 사랑하는 사람과는 함께 시간을 보내고 싶어 하기 때문에 자주 만나게 됩니다. 따라서 만남이 잦으면 호감을 가지고 있다고 짐작해도 될 것입니다. 여기서 요점은 사랑은 행동으로 드러나 보인다는 사실입니다.

* * *

다시 말하지만, 자신이 누구이고 어떤 사람이며 무엇에 관심이 있는지 알고 싶다면 자신이 하는 말이 아니라 행동을 살펴세요. 저는 끊임없이 이 점을 사람들에게 강조합니다. 사람은 언어를 사용하는 동물입니다. 우리는 언어를 사용해 변명을 하고 거짓말도 합니다. 물론 가장 나쁜 거짓말은 자기 자신을 속이는 거짓말입니다.

우리는 자신이 간절히 바라는 것은 반드시 이루어진다고 믿고 있습니다. 예를 들어 사람들은 누구나 어머니가 아이에게 주는 헌신적인 사랑처럼 무조건적이고 완벽한 사랑을 받고 싶다는 바람을 가지고 있습니다. 그런 바람 때문에 그들은 자신을 있는 그대로 무한정 사랑해줄 사람을 언젠가는 반드시 만나게 될 것이라는 자기기만적인 환상과 헛된 희망에 빠지게 되는 것입니다.

그래서 사람들은 누군가가 자신을 사랑하는 척하면서 오랫동안 듣고 싶어 했던 사랑의 밀어를 속삭이면 그대로 믿게 되는 겁니다. 말과는 달리 상대의 차갑고 거친 행동 따위는 무시해버리면서 말이죠. 그러면서 그들은 이런 말로 자신을 합리화합니다.

"그는 저를 함부로 대하지만, 사랑하고 있답니다."

이렇게 말하는 그들에게 저는 묻습니다. 도대체 사랑하는 사람을 고의로 아프게 한다는 게 가능한 일인가요? 당신은 당신 자신을 함부로 대하나요? 당신을 치고 달아나는 트럭을 사랑할 수 있습니까?

진정 사랑하는 사람은 상대방에게 자기 자신을 솔직하게 드러냅니다. 그런 점에서 사랑은 일종의 모험이라고도 할 수 있습니다. 이런 모험을 벌이면서까지 사랑했던 사람에게서 배신을 당하게 된다면 누구라도 가슴이 미어지는 고통을 느낄 것입니다. 마음에 깊은 상처를 받은 사람들은 이후 사랑에 대해서 매우 차갑고 비판적인 태도를 보이며, 다시 새로운 사랑을 시작하는 것을 두려워하게 됩니다.

이처럼 사람들은 사랑에 대해 자기기만적으로 믿어버리거나 냉소적으로 거부하는 등 양극단 사이를 오락가락합니다. 둘 중 어느 쪽도 바람직하지 않지만, 그 중간 어딘가에는 우리를 진정 행복하게 만드는 진실한 사랑이 숨어 있을 겁니다.

마지막으로 강조해두고 싶은 것은 우리가 남들에게 베풀 준비가 되어 있어야만 남들로부터 받을 자격이 생긴다는 사실입니다. 일방적으로 받기만을 바라서는 누구로부터도 환영받을 수 없습니다.

그런 점에서 우리가 배필을 잘못 만나는 것은 어느 정도 자업자득이라고 할 수 있습니다. 유유상종이란 말이 있지요. 상대방에게 불만을 품은 만큼 자신에게도 부족한 부분

이 없지 않은지 살펴보아야 합니다. 스스로 넉넉하지 않고
서 남들에게 넉넉하기를 바랄 수는 없는 노릇입니다.

우리는 누구인가.
우리는 결국 우리의 행동으로 정의되는 존재다.
말이나 생각, 느낌은 행동을 위한 전 단계일 뿐이다.
다른 사람을 알아갈 때도 마찬가지다.
누군가의 인간성이 궁금하다면
우리는 그 사람의 평소 행동에 관심을 가져야 한다.
행동보다는 말이 쉽고, 그 말에 현혹되기는 더욱 쉽다.
우리가 화려한 언변의 소유자에게 속아 넘어가는 이유도 여기에 있다.
그러니 말을 경계하고 주의해야 한다.
달콤한 말보다 변하지 않는 태도 속에 진심이 숨어 있다.

고쳐지지 않는 행동 뒤에는
언제나 내가 모르던 진실이 숨어 있다

잘못인 줄 알면서도 어리석은 행동을 반복하는 것은
우리로 하여금 그 일을 하게 하는 숨겨진 동기가 있기 때문이다.

흔히 심리치료사들은 사람들로 하여금 터무니없고 앞뒤가 맞지 않는 불합리한 행동을 그만두게 하려고 애를 씁니다. 하지만 대부분은 시간낭비로 끝나고 맙니다.

예를 들어 퇴근해서 집에 들어가면 대뜸 집구석이 엉망진창이라며 투덜거리는 남자가 있다고 칩시다. 그러면 아이들은 아빠 눈치를 보며 슬금슬금 피하고, 퇴근길에 유치원에 들러 아이들을 데리고 온 아내는 당신만 힘든 게 아니라며 화를 냅니다. 가족이 함께 보내는 저녁 시간이 출발부터 삐거덕거리게 되는 거지요.

남자의 이야기를 들은 심리치료사는 하루 종일 힘들게 일하고 돌아온 아내에게 짜증을 내는 것은 당연히 잘못이라고 지적합니다. 남자는 그 말에 순순히 동의합니다. 하지만 이후로도 그의 행동은 변하지 않습니다. 여전히 다른 트집을 잡아 아내에게 화풀이를 합니다. 결국 그들 부부는 서로에게 불만을 느끼고 계속해서 갈등하게 됩니다.

사람들은 왜 이처럼 어리석은 행동을 하는 걸까요? 자신의 행동이 올바르지 않다는 것을 인식하면서도 왜 같은 행동을 부질없이 되풀이하는 것일까요? 그것은 애초에 그런 행동이 이성적인 사고에서 출발하지 않았기 때문입니다.

사실 우리가 하는 행동의 심리적 동기와 습성은 이성적이거나 논리적이지 않은 경우가 많습니다. 우리는 충동이나 선입견에 의해, 혹은 스스로도 미처 깨닫지 못한 상태에서 감정에 따라 행동하곤 합니다.

위에서 예로 든 남자는 회사에서 받은 스트레스와 퇴근길에 차가 막혀 짜증스러운 기분을 그대로 끌어안고 귀가했을 겁니다. 편안하게 쉬고 싶다는 생각으로 집에 들어왔는데 눈에 보이는 집 안은 온통 어질러져 있습니다. 몸을 움직여 치우지 않으면 안 될 것 같습니다. 이건 그가 바라던 생활이 아닙니다. 남자는 자신의 바람과 어긋나 있는 현실에 화가 솟구칩니다. 때문에 그것이 아내의 탓이 아님을 잘 알면서도 뜻대로 되지 않는 현실에 대한 불만족을 아내에게 화풀이함으로써 나타낸 것입니다.

그렇다면 어떻게 해야 이런 불합리한 행동을 멈출 수 있을까요?

우선은 자신의 감정을 누그러트려야 합니다. 그러고 나서 자신이 왜 그런 행동을 되풀이하는지 스스로 원인을 찾아야 합니다. 자신의 주관적인 감정에서 비롯된 행동이므로 다른 사람의 객관적인 조언을 듣는 것과 무관하게 감정을 스스로 컨트롤할 수 있어야만 문제가 해결됩니다.

우리는 잘못된 줄 알면서도 매번 감정에 휘둘려 부부싸움을 반복하고는 합니다. 저는 갈등하는 부부를 상담할 때마다 그들이 서로에게 바라는 것이 너무나 비슷해서 놀라고는 합니다. 그들은 서로에게 똑같이 자신을 인정해주고, 이야기를 들어주고, 관심을 가져주기를 바랍니다. 그런 것을 바라는 것은 당연합니다. 그것이 우리가 바라고 꿈꾸는 사랑이니까요.

문제는 상대에게 바라는 만큼 자신도 그렇게 해주어야 하는데 현실은 그렇지 않다는 데 있습니다. 그들 역시 주는 만큼 받고 뿌린 만큼 거둔다는 사실을 모르지 않을 겁니다. 하지만 그들은 오직 받을 것에만 관심이 있고 주어야 하는 부분에 대해서는 까마득히 잊은 채 행동합니다. 상대방이 내게 친절하고 관대하게 대해주기를 바란다면 나부터 먼저 상대방을 그렇게 대해주어야 한다는 것을 알면서도, 바라는 대로 해주지 않는 상대방에 대한 원망과 불만족이 먼저 표출되는 것이지요.

부모와 자식 간에도 비슷한 문제가 자주 나타납니다. 사람들은 자라는 동안에 부모로부터 무조건적인 사랑을 받습니다. 하지만 제가 상담해본 사람들 중 자신이 받은 사랑이 무조건적이었다고 느끼는 이는 별로 없었습니다. 대부분은 내심 부모에게 자랑스러운 자식이 되어야 한다는 의무감에 짓눌려 있었다고 말합니다. 공부 잘하고, 말썽 안 피우고, 커서 좋은 사람과 결혼해 손자를 안겨주어야 한다고 생각했다는 것이지요.

사실 자녀들은 여러 가지로 부모에게 의무감을 느낄 수밖에 없습니다. 자신을 세상에 태어나게 해주고 키워줬으니 마땅히 보답을 해야 할 것 같은 마음이 드는 것이지요. 아이들은 성인이 되면, 어쩌면 평생 동안 그 빚을 갚아야 할지도 모른다는 부담감에 시달립니다. 실제로 많은 부모들이 기회가 있을 때마다 자신이 아이들을 위해 얼마나 많은 것을 희생하고 있는지 입이 아플 정도로 설명하고 있습니다.

하지만 따지고 보면 아이들은 부모에게 빚을 진 적이 없습니다. 그들을 세상에 태어나게 한 것은 부모의 결정이었습니다. 부모가 자식을 사랑하고, 먹이고, 입히고, 가르치고, 재우고, 키우는 것은 희생이 아니라 당연히 해야 하는 일입니다. 따라서 현명한 부모라면 다 큰 자식들을 홀가분하게 독립시켜 떠나보내야 합니다. 부모로서 해야 할 일을 했으면 그뿐이라고 생각해야 하는 것입니다. 그렇게 해야 자식은 부모에 대한 채무감 대신 따뜻한 애정과 감사의 마음을 갖고 살아갈 수 있습니다.

문제는 자식들을 언제까지나 곁에 붙잡아두려는 부모들입니다. 그들은 부모는 자식을 보살피고 자식은 그런 부모에게 보답해야 한다는 고정관념에 사로잡혀 있습니다. 세월이 지나 자녀가 성장하면 부모로부터 독립해 따로 떨어져 살아야 한다는 사실을 애써 외면하며 현재의 생활에 안주하려 합니다.

하지만 그들에게는 늘 똑같은 문제가 반복해서 일어납니다. 부모는 뭔가 모르게 소홀한 듯한 자식에게 매번 서운함을 느끼며 쓸쓸해하고, 자식은 부모에 대한 의무감 때문에 지레 겁을 먹고 도망치고 싶은 마음에 시달리며 반항을 하는 것입니다. 그들이 고정관념에서 벗어나 각자의 역할을 이해하고 받아들이지 않는 한, 상황은 결코 바뀌지 않을 것입니다.

이런 경우만 보더라도 불합리한 행동을 이성적인 노력으

로 고쳐나가는 것은 불가능에 가까운 일이라는 것을 알 수 있습니다. 불합리한 행동을 하는 사람들은 대개 세상일은 어떻게 어떻게 되어야 한다는 고정관념에 사로 잡혀 있어서 변화가 필요하다고 말해주는 모든 증거들을 아예 무시해버리기 때문입니다.

우리를 분노에 빠트리는 상황은 대개 반복적으로 일어나고
우리는 그 이유를 논리적으로 설명하지 못해 당혹스러워한다.
우리 행동의 동기는 이성이 아니라 감정이기 때문이다.
그것이 우리가 후회하고 반성하면서도
계속해서 어리석은 행동을 반복하는 이유다.
왜 자신이 부정적인 감정을 갖게 되었는지를 알고 있는가?
겉으로 드러난 이유 대신 근본적인 이유를 찾아 제거해야 한다.
이해하기 어려운 행동의 밑바닥에는
고정관념과 선입견으로 똘똘 뭉친 부정적인 감정이 도사리고 있다.

열세 번째 지혜

나에게 일어난 일은
대부분 나에게 책임이 있다

사람은 자신의 고통을 다른 사람이나 외부 환경 탓으로 돌리려고 한다.
하지만 자신을 고통에 빠트리는 것도 구해내는 것도 결국 자기 자신이다.

사람들은 자기 인생 이야기를 할 때마다 그 내용을 조금씩 다르게 말합니다. 자신이 어떻게 지금 이 자리까지 오게 됐는지를 스스로에게 납득시키고 듣는 사람도 수긍이 가게 하려면 앞뒤 연결이 불분명한 이야기들을 적당히 짜 맞추어 이어 붙여야 하는데다, 말하는 당시의 상황이나 기분에 영향을 받아 과거의 사건들을 조금씩 다르게 해석하기 때문입니다. 저는 사람들이 어릴 적의 경험을 이야기하면서 그것을 지금의 자신과 연결시키려 애쓰는 모습에 새삼 놀라곤 합니다.

그렇다면 왜 우리는 현재와 과거를 끊임없이 연결하면서 그 속에서 무언가를 찾으려고 하는 걸까요?

무릇 우리가 지금 어떤 실패를 겪는다면, 과거에 그 원인이 될 만한 실수를 저질렀을 것입니다. 우리는 그와 같은 과거의 실수를 되돌아보고 반성함으로써 차후에는 어리석은 행동을 되풀이하지 않으려고 하지요. 만일 과거를 전혀 돌아보지 않는다면 계속해서 실패의 아픔을 맛보게 될 공산이 커집니다. 그래서 불행에 빠졌다고 생각하는 사람들을 상대로 심리치료에 들어갈 때는 우선 그들의 이야기에 조용히 귀를 기울이는 것이 중요합니다. 스스로 불행하다고 느끼는 원인에 대해 알아야 하기 때문이지요. 내담자가 풀어놓는 이야기를 듣다보면, 지난날 그가 겪은 사건 외에도 그에게 영향을 끼친 어떤 사람들에 대한 특별한 감정까지도 알 수 있습니다.

어린 시절 몸과 마음에 커다란 상처를 받았던 사람들은 심리적 장애를 앓기 쉽습니다. 늘 초조하고 불안해하고, 사람들과 어울리는 걸 꺼려하고, 자신이나 타인에게 공격적인 태도를 보입니다. 겉으로 보이는 모습에는 별 문제가 없는 것 같지만, 과거에 받은 상처가 무의식 속에 그대로 남아 끊임없이 스스로에게 부정적인 영향을 끼치고 있기 때문입니다.

따라서 문제를 해결하려면 무의식 속에 숨어 있는 상처를 찾아내 치유하는 것이 중요합니다. 어릴 적에 학대를 당하거나 심리적 상처를 입고서도 온전하고 건강하게 살아갈 수 있는 사람은 아무도 없습니다. 제가 하는 일은 사람들의 그런 어둡고 상처받은 이야기에 동정적으로 귀를 기울이면서,

아무리 가혹한 경험도 우리의 노력 여하에 따라 얼마든지 극복할 수 있다는 점을 깨닫게 해주는 것입니다.

그런데 지금 겪고 있는 문제들을 과도하게 과거의 탓으로 돌리는 사람들이 있습니다. 다시 말해 우리가 어떤 일을 좀 더 잘할 수 있는데도 못하는 것을 두고 과거의 사람들, 특히 부모 탓으로 돌려버리는 것입니다. 하지만 실제로 많은 경우 문제를 일으키고 꼬이게 만드는 것은 자신의 행동과 감정입니다. 결국 자신의 문제는 스스로 책임져야 합니다. 그런데 그러려면 적잖은 용기와 의지가 필요합니다.

우리의 삶은 변화하게 되어 있습니다. 하지만 어떤 이유 때문인지 변화하지 않는 삶을 다시 변화하게 만드는 것, 이것이 모든 심리치료가 지향하는 목표입니다. 불평만 하고 있어서는 문제를 해결할 수 없습니다.

심리치료를 하는 중에 저는 자주 이런 질문을 던지곤 합니다. "그럼 이제 어떻게 하시겠습니까?"

저는 이 질문을 제 책상 위에 있는 컴퓨터에 화면보호기로 띄워놓고 은근슬쩍 내담자들이 보게 합니다. 이것은 우리 안에 삶을 변화시킬 수 있는 힘과 의지가 깃들어 있음을 암시하는 문구입니다. 또한 과거의 상처에 매달려 있지 말고 자기 삶의 변화를 목표로 적극적으로 행동하라는 주문이기도 합니다.

저는 심리치료를 하면서 직접적인 조언은 많이 하지 않습니다. 그 이유는 제가 겸손해서도 아니고 내담자가 스스로 해결책을 생각해내도록 유도하기 위해서도 아닙니다. 솔직히 말해, 저도 사람들이 무엇을 필요로 하는지 잘 모르기 때문입니다. 대신 저는 내담자들과 함께 앉아서 그들이 생각을 할 수 있도록 도와줍니다. 제가 하는 일은 그들 스스로 문제점을 깨닫게 해주는 것입니다. 현재의 불행을 과거의 탓으로만 돌리려는 시도가 잘못됐음을 지적하고 불행 뒤에 숨어서 끊임없이 문제를 만들어내는 심리적 요인을 깨닫게 함으로써, 스스로 적절한 해결책을 찾아낼 수 있다는 자신감을 불어넣어주는 것입니다.

이것은 일종의 훈련입니다. 사람들은 종종 병원에서 처방을 받듯이 문제를 해결해줄 효과적인 지침을 얻기 위해 저를 찾아옵니다. 예를 들어 기분이 우울할 때는 이렇게 저렇게 하면 된다고 말해주기를 바라는 것입니다.

이처럼 사람들은 신속한 해결책을 기대하는 버릇이 있습니다. 그리고 자신에게 일어나는 일 대부분은 스스로에게 책임이 있다는 사실을 인정하고 싶어 하지 않습니다. 때문에 사람들은 자신의 문제점을 직시하고 실패한 경험에 대해 이야기하는 것을 지루해하고 버거워합니다. 하지만 원활한 상담을 위해서는 이와 같은 부정적인 태도를 누그러트려야 합니다. 결국 심리치료사는 외줄타기를 하듯 조심스럽게 상담을 진행할 수밖에 없습니다.

사람은 누구나 사는 동안에 자신의 힘으로는 어쩔 수 없는 일들을 겪습니다. 우리가 태어나서 자란 환경, 가족이나 지인들의 죽음, 이별은 우리 마음대로 할 수 없는 것입니다. 그러다 보니 어려운 문제에 부딪치면 그 원인을 일단 자신과 관계없는 외부의 힘이나 사람들 탓으로 돌리려는 마음이 생깁니다.

심리치료사는 이런 식의 부정적인 태도로부터 사람들을 보다 효율적이고 현실적이며 발전적인 방향으로 이동시키기 위해 애씁니다. 그러나 내담자들은 이러한 노력을 자신을 나무라고 비판하는 것으로 받아들이기도 하므로 심리치료사와 내담자 사이에는 굳건한 신뢰 관계가 조성되어 있어야 합니다. 어떤 경우에도 내담자가 심리치료사를 자기편으로 믿고 따를 수 있어야 제대로 치료가 이루어집니다.

심리치료가 제대로 진행되면, 내담자는 불행의 진짜 원인을 자기 안에서 찾아내 고백하고, 자기 불행의 오랜 원인이라 믿어온 부모와의 잘못된 관계로부터 풀려나와 심리적으로 성숙해지고 자유로워집니다. 그리고 자신의 삶을 보다 가치 있고 소중하게 느낄 수 있는 지혜를 심리치료사와 함께 경험하게 됩니다.

무릇 도움을 필요로 하는 모든 사람들에게 완벽한 만족을 줄 수 있는 치료사는 존재하지 않습니다. 각자의 개인적인 필요에 따라 잘 맞을 수도 있고 맞지 않을 수도 있는 것입니다. 게다가 심리치료사의 인생 경험과 편견, 그리고 변화에 대한 주관적인 생각이 상담 과정에서 개입될 수밖에 없습니다. 따라서 종종 두 사람의 만남이 오히려 좋지 않은 결과를 낳을 수도 있습니다.

훌륭한 심리치료사가 되는 데 필요한 자질은 훌륭한 부모가 되는 데 필요한 조건과 같습니다. 변화를 재촉하지 않고 기다릴 수 있는 인내심, 내담자의 입장에 온전히 자신의 마음을 쏟는 자상한 배려심, 무비판적으로 귀를 기울이는 태도, 그리고 인간에 대한 무한한 애정이 필요합니다.

하지만 아무리 훌륭한 심리치료사라 해도 내담자에 따라 좀 더 상담을 잘할 수도, 못할 수도 있습니다. 부모들이 거칠고 말썽 부리는 자식과 얌전하고 착한 자식에게 각기 다르게 반응하는 것처럼 말입니다.

인정하고 싶지는 않지만, 우리는 우리 자신과 비슷한 사람에게 좀 더 도움을 주는 경향이 있습니다. 그래서 심리치료사들은 갑자기 외국에서 일하게 되면 약간의 어려움을 겪게 됩니다. 그 나라 말을 할 줄 안다고 해도 말과 결합되는 문화적인 관습이나 인식에 대해서는 무지하기 때문에 충분한 교감이 어렵기 때문일 것입니다.

같은 나라에서도 인종이나 사회적 지위에 따라 사람들은 각기 다른 삶을 살고 있습니다. 따라서 모든 사람을 똑같이 잘 상담할 수 있다고 생각하는 심리치료사가 있다면 그는 오만에 빠진 것입니다.

누군가 저에게 처음 상담을 받으러 오면 저는 그 사람이 마음에 드는지, 또는 마음에 들게 될 것인지를 저 자신에게 묻습니다. 만일 이야기를 듣는 게 몹시 지루하거나 화가 난다면 저는 정중하게 다른 의사를 찾아가보는 게 낫겠다고 말합니다. 마음속으로 내담자를 받아들이지 못하는 상태에서는 상담을 제대로 진행하기가 어렵기 때문입니다. 상담을 진행하는 중에도 내담자를 위해 끌어올리던 제 안의 에너지와 희망이 줄어들면서 변화를 유도할 수 있다는 자신감이 사라지는 것을 느끼면, 상담을 중단합니다. 그 밖에도 제 부모, 저를 괴롭혔던 어떤 사람, 혹은 사춘기에 실연의 상처를 주었던 누군가를 생생하게 떠오르게 만드는 내담자와의 상담도

피하고 있습니다.

제가 상담하는 사람이 자신의 과거에만 집착해서 좀 더 나은 미래를 생각하지 않는 것처럼 보이면 초조해지기도 합니다. 그러나 그런 사람에게 계속해서 동정심을 가지고 다가서는 것은 아무리 그가 동정을 받을 만하다고 해도 잘못된 친절입니다.

저는 내담자들이 뭔가 변하는 모습을 보고 싶습니다. 아무리 노력을 해도 바뀔 기미가 보이지 않는 사람과 계속 상담하는 것은 피차 시간낭비일 뿐입니다.

때때로 사람들은 너무 손쉽게
현재의 문제를 과거 탓으로 돌리곤 한다.
어쩌면 그 말은 사실일지 모르나,
과거를 핑계로 현재를 바꾸지 않으려는 것일 수도 있다.
무의식 속에 숨어 있는 상처를 찾아내 치유하는 것은 물론 중요하다.
그러나 그 상처에 붙들려 있어서는 안 된다.
용감하게 맞서서 이겨내고 벗어나야 한다.
영원히 상처에 붙들려 제자리에 머물 수는 없지 않은가?

모든 인간관계에서 주도권은
무심한 사람이 쥐고 있다

인간관계는 어느 한쪽의 마음이 떠나면 깨지기 마련이며,
그때 마음을 떠나보낸 사람은 관계 속 권력자가 되어
관계를 유지하고자 하는 이의 모든 노력을 헛수고로 만든다.

부부들이 살아가는 모습은 참 다양합니다. 제가 관심을 가지는 것은 하루하루를 그저 견디듯 지루하게 살아가고 있는 부부들의 이야기입니다(어쩌면 그들은 결혼 초기부터 이미 삐걱거리고 있었을 가능성이 큽니다).

그들이 주고받는 이야기는 대개 '힘겨루기'의 모습을 띱니다. 아이들 문제, 돈 문제, 혹은 사소한 생활습관 같은 뻔한 문제들을 놓고 다투는 것처럼 보이지만, 사실 그들은 자존심 싸움을 하고 있는 것입니다. 그들이 그렇게 자존심 대결을 하는 근본적인 이유는 서로에게 바라는 바가 충족되지 않은 데서 오는 불만들이 쌓여 있기 때문입니다.

우리는 배우자를 찾을 때 늘 '사랑'을 맨 앞에 둡니다. 보기만 해도 가슴이 설레는 사람이나 하루라도 보지 않으면 안 될 것 같은 사람을 만나 낭만적인 사랑을 해야 결혼을 할 수 있을 것이라 생각합니다. 그리고 그것을 진정한 행복이라고 믿습니다.

하지만 실제로 결혼한 부부를 보면 현실은 그렇지 않다는 것을 알 수 있습니다. 학벌이나 경제력, 혹은 취미나 가치관, 성적 매력 같은 '조건'들이 배우자를 선택하는 결정적 요소가 됩니다. 이러한 조건들로 배우자를 선택하기 때문에 시간이 흘러 이 조건이 충족되지 못하는 상황에 이르게 되면 둘의 관계는 무너집니다. 만일 경제력이 지금의 배우자를 선택한 결정적 요인이었는데 그 사람이 매우 가난해졌다면 우리는 어떻게 말하고 행동할까요? 한 번만 생각해보면 모든 것이 분명해집니다.

이런 설명은 어쩌면 사랑이라는 신비로운 감정을 무시하는 것처럼 들릴 수도 있을 것입니다. 아무런 조건 없이도 막무가내로 사랑에 빠져들 수 있는 것이 우리 인간이라고 항변할지도 모릅니다.

하지만 우리가 다른 모든 후보자들을 제치고 특별한 한 사람을 선택하는 마음의 과정을 자세히 들여다보십시오. 흔히 말하는 '두 영혼의 강력한 결합'의 과정이라기보다는 현실적인 조건에 대한 욕망과 기대감이 부합한 결과라는 점을 알 수 있을 테니까요. 저로서도 그것이 영원히 지속된다는 보장이 있기만 하다면, 후자에 좀 더 믿음이 가는 것이 사실입니다.

요즘 결혼 문화가 점점 더 이해타산적으로 살벌하게 변해가는 증거로 혼전계약의 유행을 들 수 있습니다. 한때는 돈 많은 사람들이 재산을 지키기 위해 혼전계약을 하고는 했지만, 요즘은 결혼 후에 재산을 배우자와 공유하고 싶지 않을 때도 혼전계약을 맺곤 합니다.

결혼할 때 가져온 재산을 보호하기 위해 혼전계약이 필요하다는 주장은 일단 겉으로 보기엔 완벽하게 정당한 것처럼 들릴 수 있습니다. 이미 자녀를 둔 사람은 종종 재혼한 뒤에도 자신의 유산을 재혼한 배우자가 아니라 친자녀에게만 주고 싶어 하는데, 그 부분도 이해할 만합니다. 한 번의 이혼으로 이미 경제적으로나 정서적으로 비싼 대가를 치른 경험이 있고, 또 초혼보다 재혼이 실패할 확률이 더 크다는 통계도 있기 때문이겠지요.

그렇다고는 해도 부부의 연을 맺으면서 마치 중고 자동차를 구입하는 것처럼 행동하는 모습이 제게는 바람직하게 느껴지지지 않습니다. 계약은 서로 믿지 못하는 사람들 사이에서 이루어지는 것입니다. 우리를 속일지도 모르는 사람들로부터 우리 자신을 방어하기 위한 것이라고 할 수 있지요. 사랑한다고 말하면서 계약을 요구하는 것은 설사 부부 사이라

할지라도 사람 사이의 관계는 어떻게 될지 알 수 없다는 뿌리 깊은 불신을 반영하고 있는 것입니다.

요즘은 법도 많이 바뀌었습니다. 예전에는 이혼을 할 수 있는 합법적 근거들이 매우 엄격하고 까다로웠지만, 요즘에는 서로 합의할 수 없는 차이가 있다거나 서로 이미 합의했다는 것만으로도 합법적으로 결혼생활을 마칠 수 있게 되었습니다.

그럼에도 불구하고 이혼사유를 정당화하기 위해 어떻게든 상대방에게 그 탓을 돌리려 아옹다옹하며 결혼을 끝맺는 것은 불행한 일이 아닐 수 없습니다. 특히 둘 사이에 자녀가 있다면 더욱 그렇겠지요.

어떤 부부가 서로 멀어지는 과정에서 양쪽의 감정이 대칭적인 경우는 드뭅니다. 대개는 어느 한쪽이 먼저 상대방에 대한 애정과 존경이 식은 것을 느끼게 마련입니다. 그리고 이것은 상대방을 쥐고 흔들려는 주도권 싸움의 형태로 드러납니다.

둘의 관계에서 한 사람은 강자가 되고 한 사람은 약자가 되어 어느 한 사람이 다른 한 사람을 지배하는 것처럼 되는 것입니다. 약자의 입장에 있는 사람이 화해를 위해 노력하고 서로 헤어져 이혼을 하게 될 수도 있다는 생각에 불안해할수록, 강자의 입장에 있는 사람은 더욱 무심해지고 상황은 치명적으로 치닫게 됩니다.

저는 배우자 문제로 고민하는 사람들에게 "당신이 지금 느끼는 고통을 당신의 배우자는 아랑곳하지 않을 것입니다. 그렇기 때문에 당신은 속수무책일 수밖에 없습니다."라고 말합니다. 그러면 사람들 대부분은 자신이 어떤 처지에 놓여 있는지를 깨닫습니다. 어떤 관계가 이루어지기 위해서는 두 사람이 필요하지만 그 관계를 끝내는 것은 혼자서도 가능한 일임을 분명히 알게 되는 것이지요.

저는 성혼선언문이나 결혼사진을 볼 때마다 그들에게 아무도 이런 말을 해주지 않았으리란 점을 생각하고는 합니다. '이 결혼이 지속될 확률은 50 대 50이다. 당신은 동전 던지기를 하면 반드시 이길 수 있다고 장담하는가?'

이 질문은 눈에 콩깍지가 씌어 있는 사람들에게는 아무런 의미가 없고, 그들에게 이런 질문을 던질 사람도 없을 것입니다. 하지만 만일 우리가 결혼을 하기 전에 스스로에게 이런 질문을 던져봤더라면 어땠을까 하는 생각이 드는 것은 어쩔 수가 없습니다.

실망과 배신의 근거는 언제나 준비되어 있습니다. 우리가 각자의 사고방식에 따라 낙천적이거나 대담하거나 어리석은 행동을 하면서 스스로 희망에 기대려고 애쓰는 동안, 미래의 크리스마스 유령(스크루지를 찾아와서 미래를 보여주는 유령 —옮긴이)은 침묵 속에서 우리를 지켜보고 있을 것입니다.

우리가 사랑해서 결혼했든 그렇지 않든 간에
언제든 결혼생활이 끝날 수도 있다는 것은 분명하다.
문제는 그런 상황에서 우리가 취해야 할 태도다.
"왜 우리의 사랑은 식어버렸는가?"라는 탄식은 도움이 되지 않는다.
둘 사이의 관계를 지탱하던 본질적인 요소가 무엇인지,
지금 그것은 어떤 상황에 있는지를 분명히 아는 것이 더 중요하다.
물론 가장 중요한 것은 사랑으로써 배우자를 선택하고,
그 사랑을 영원히 지속시키는 일이다.
하지만 그것이 그리 쉬운 일은 아니기에
언제든 실망과 배신을 겪을 수 있다는 점을 아는 것,
그리고 그런 상황에서 스스로의 감정에
속지 않을 수 있는 지혜를 갖는 것이 중요하다.

열다섯 번째 지혜

감정은 행동을 따른다

감정이 우리를 행동하게 만들기도 하지만
행동이 우리의 감정을 만들기도 한다.

상담을 받으러 온 사람들은 심리치료
사가 자신의 감정을 바꿔주기를 바랍니다. 만성적인 무기력
이나 불안감에 시달리는 사람들은 위로를 받고 온전한 상태
로 돌아가고 싶어 합니다. 원치 않는 감정들이 정상적인 생
활을 불가능하게 만들기 때문입니다. 그들은 종종 직장에서
맡은 일을 제대로 하지 못하고 사랑하는 사람들과도 원만하
게 지내지 못합니다. 남들이 즐거움을 만끽하는 상황에서도
당최 웃지 않고 그저 심각할 따름입니다.

사람들은 대부분 자신이 무엇을 좋아하는지, 어떻게 하면
기분이 나아지는지 알고 있습니다. 그들은 운동이나 취미생
활을 즐기고, 사랑하는 사람들과 함께 시간을 보냅니다. 저
를 찾아오는 사람들도 이런 것들이 재미와 즐거움을 주는
활동이라는 것을 알고 있습니다. 하지만 도무지 의욕이 생
기지 않기 때문에 하지 않는 것입니다. 그들은 기분이 나아

질 때까지 무작정 앉아서 기다립니다. 종종 그것은 오랜 기다림이 되곤 합니다.

자신의 기분이나 생각을 마음먹은 대로 바꾸기는 어렵습니다. 하지만 인생은 어떤 행동을 하면 우리가 기쁘고 즐거운지 알려주었고, 그렇기에 기분이 나아질때까지 기다리지 않고 먼저 행동할 수 있습니다. 무기력하고 의욕이 없다고 하소연하는 사람에게 저는 자리에서 일어나 옷을 입고 저를 만나러 오라고 합니다. 만일 그럴 수만 있다면 그는 기분이 좋아지는 다른 활동도 시작할 수 있게 됩니다.

'하기 싫은 일'을 '하기 어렵다'고 말하는 사람에게 저는 '어렵다'는 게 '불가능하다'는 뜻인지 묻습니다. 그러면 상대는 선뜻 말하기를 주저하거나 아니라고 대답합니다. 저는 곧 그와 용기나 의지 같은 것들을 주제 삼아 대화를 나누기 시작합니다. 사람들은 용기나 의지 같은 덕목이 심리치료와 관련이 없다고 생각하고는 하지만, 사실은 심리치료에 없어서는 안 될 필수적인 조건들입니다. 제가 사람들에게 용기를 내라고 말하는 것은 자신들의 삶에 대해 새로운 방식으로 생각해보라는 의미입니다.

자신의 삶을 변화시키는 일은 모험이라고 할 수 있습니다. 상황에 따라 그것은 성공할 수도 있고 실패할 수도 있기 때문입니다. 따라서 변화에는 무엇보다 용기가 필요합니다. 저는 종종 내담자들에게 이렇게 묻습니다.

"당신은 뭐가 겁이 나서 그렇게 몸을 사리는 겁니까?"

* * *

우리가 저지르는 어리석음 중 하나는 불안과 우울증으로 고생하는 사람들을 동정하고 변호하다가, 결국 그들에게 너무 손쉽게 약물치료를 권한다는 것입니다.

요즘 나오는 우울증 치료제들은 분명 그 효과가 입증됐습니다. 하지만 그것을 처방받은 사람들은 치료과정에서 사회에 대한 책임에서 떨어져 나옴으로써 정상적인 사회인으로 행동할 수 있는 기회를 박탈당합니다.

의사들은 환자들을 어린애처럼 다루면서 침대에 누워 얌전하게 약이나 먹으라고 합니다. 수동적인 태도로 의학의 도움이나 받으며 지내라는 얘기입니다. 따라서 치료가 이루어지는 동안은 그들에게서 별다른 기대를 할 수가 없습니다. 불행히도 이러한 방식은 사람들을 치유하는 데 그리 효과적이지 못합니다.

예컨대 알코올 중독은 부모에게서 자식에게로 유전되기

도 하고, 심각할 경우 몸속의 조직이 파괴되어 사망에 이를 수도 있습니다. 하지만 그렇다고 해서 알코올 중독이 폐렴이나 당뇨 같은 질병들과 같은 의미에서의 '질병'일까요? 그렇게 간주하는 순간 알코올 중독자들에게 자발적인 금주를 기대하기는 어려워집니다. 중독을 어쩔 수 없는 것으로 받아들여 자포자기하게 만들어버릴 수도 있습니다.

또 다른 문제는 심각한 우울증이나 정신분열증, 조울증 같은 진짜 질환과는 무관한 현상에 심리학적 용어를 가져다 쓴 탓에, 마치 그것이 질병처럼 여겨지기도 한다는 사실입니다.

예를 들어 언제부턴가 우리는 남편에게 매를 맞으면서도 참고 사는 여성들한테 '매 맞는 아내 증후군'이라는 딱지를 붙여 그들을 정상적으로 살아가는 여성들과 구분하기 시작했습니다. 그들의 증상은 학대자로부터 자신을 분리시키지 못하는 의존적인 모습을 보이는 것이라고 합니다.

그러나 이게 과연 맞는 걸까요? 그 문제에 대한 책임이 그들에게 있는 걸까요? 그들을 '매 맞는 아내 증후군'으로 분류하는 것은 그들에게는 자신의 상황을 변화시킬 능력이 없으므로, 어떤 선택을 하든 간에 일반인들과 동일한 책임을 물어서는 안 된다는 의미이기도 합니다. 사실 이러한 배려에는 모욕적인 발상이 숨어 있습니다. 결국 그들에게 문제가 있다고 여기고 관용을 베풀어야 한다는 것이니까요.

이처럼 정신적인 문제를 갖고 있는 이들을 손쉽게 분류하고 깊은 고민 없이 편의를 제공하는 것은 역효과를 낳을수도 있습니다. 그들 스스로 문제를 극복하려는 의지를 빼앗을 뿐만 아니라, 역경과 싸워 자긍심과 자존심을 확인 할 수 있는 기회를 원천적으로 봉쇄하는 것입니다. 자연스레 자신들의 무기력함을 남들에게 확인받는 꼴이 되어 자립심과 자신감을 포기할 공산이 더 커집니다. 좋은 취지가 오히려 자긍심과 재생의 의지를 꺾는 결과를 낳는 것이지요.

이러면 결국 많은 사람들이 의사의 진단서와 당국에서 발부하는 장애인 확인증이 손 안에 들어오기만 기다리는 처지가 되고 말 겁니다. 이런 상황에서 변호사들은 법적 장애인을 만드는 데 필요한 법률 자문과 재판을 보다 효율적이고 신속하게 진행하기 위한 준비를 서두르고 있습니다.

저는 사람들을 무기력에서 건져내는 단 하나의 처방은 두려움과 실망을 이겨내는 의지력이라고 생각합니다. 물론 어떤 사람들은 유전적으로 다른 사람들보다 쉽게 무기력증에 빠지기도 합니다. 따라서 약물의 도움을 받아야 할 수도 있습니다. 그러나 궁극적으로 우리에게는 자신의 삶을 적극적으로 관리하고 책임져야 할 의무가 있습니다.

약물과 알코올에 중독됐거나 무기력증에 빠진 사람들은 수치심과 더불어 자책감을 갖고 있는 경우가 많습니다. 하지만 그들이 비난받아야 할 죄를 지은 것은 아닙니다. 누구든 중독과 무기력증의 위협에 걸려들 수 있는 것입니다.

따라서 고통받는 사람들에게 동정을 베풀고 연대해서 책임을 지는 것은 우리가 마땅히 감당해야 할 몫입니다. 물론 수동적으로 의지하려는 태도를 조장하지 않도록 주의해야 한다는 전제에서 그렇습니다.

우리는 행동이 감정의 뒤를 따른다고 생각하고는 한다.
감정이 우리 길잡이며 행동은 거기에 종속되었다고 생각하는 것이다.
하지만 만약 부정적인 감정이
우리를 붙잡고 있다면 어떡할 것인가?
감정이 행동을 이끌기도 하지만 행동이 감정을 이끌기도 한다.
그러니 행동하라.
그것이 나의 삶을 주체적으로 사는 방법이다.

열여섯 번째 지혜

우리가 갇혀 있는 감옥은
대부분 우리 스스로 만든 것이다

어떤 일을 망치는 가장 큰 원인은 두려움이다.
두려움이 갖가지 변명거리를 만들어 우리를 뒷걸음치게 만든다.

우리는 실패를 하면 주로 남 탓을 합니다. 부모를 탓하거나 형제, 친구, 선생님 등 우리 주위에 있는 가장 가까운 사람을 원망하곤 하지요. 그러다 탓할 사람이 없으면 운이 없었다며 자신의 운명을 탓하기 시작합니다. 마치 복권을 사면 당첨되는 것이 당연하다고 여기는 것처럼 말이지요.

우리가 늘어놓는 뻔한 변명 중에는 시간이 없었다느니, 먹고살려면 어쩔 수 없었다느니 하는 말이 빠지지 않고 들어갑니다. 실제로 책임을 물어야 할 자신의 나약한 의지는 쏙 빼놓은 채로요. 그러나 어떤 일이든 성공의 가능성을 낮추고 앗아 가는 가장 큰 주범은 바로 두려움입니다. 두려움 때문에 애써 기대를 낮게 가짐으로써 쓰디쓴 실망감에서 벗어나려 하지요. 그러나 실망하는 걸 두려워한다면 성공을 얻기도 어렵습니다.

사실 우리는 고약한 운명의 덫에 걸려 있는 게 아닙니다. 이 세상은 누구에게나 열려 있으며, 따라서 기회의 땅이기도 합니다. 그리고 실제로 그러한 기회를 잡고 도전하는 사람의 모습을 쉽게 찾아볼 수 있습니다. 조금만 눈을 돌려보면 자신이 성공한 사람들에게 둘러싸여 있다는 것을 깨닫게 될 겁니다.

특별한 재능 없이도 성공을 거머쥔 사람들을 보면서 우리가 맨 먼저 떠올리는 생각은 '저 자식, 억세게 운이 좋군.'입니다. 그들이 흘린 땀방울은 완전히 증발시키고 저 사람은 다만 운이 좋아서 성공했다고 속 편하게 믿어버리는 겁니다. 그리고 그들의 성공담에서 희망을 취하는 대신 자신에게 부족한 운을 다시 확인합니다. 그러다 보면 자신의 처지가 더욱 혼란스럽게 느껴지고, 결국에는 의기소침해지고 마는 것이지요.

조언이 부족하지는 않습니다. 수많은 책과 잡지, 방송이 어떻게 하면 더 부유해지고 지혜로워질 수 있는지, 더 성숙할 수 있는지를 우리에게 말합니다. 그러나 그뿐입니다. 그것을 꾸준히 실천하는 사람은 거의 없습니다. 우리가 원하는 생산적인 변화는 어느 한순간에 일어나지 않고 긴 시간에 걸쳐 서서히 일어납니다. 그러나 이는 뭔가 뚝딱 이루어내기를 바라는 우리 사회에서 그다지 설득력을 갖지 못하는 진실입니다. 원하는 목표를 달성하기 위해 인내심과 의지를 발휘하는 사람은 아주 소수에 불과합니다. 많은 사람들이 성공을 원하지만 실제 행동에는 인색합니다.

스스로 도움이 필요하다는 사실을 인정하고 용기를 내서 저를 찾아오는 사람들과 이야기해보면, 대부분 어제 했던 행동, 그리고 작년에 했던 행동을 여전히 되풀이하고 있다는 것을 알 수 있습니다. 저는 그러한 문제점을 지적하며 정말로 변하기 위해서는 어떻게 해야 할지 함께 궁리합니다.

무언가를 하려면 먼저 그것을 상상하는 과정이 필요합니다. 그런데 많은 사람들이 그 상상과 실제 행동을 제대로 연결하지 못합니다. 생각만 하고 행동은 하지 않는 것이죠. 현대의학과 광고산업 탓이 크다고 할 수 있습니다.

사람들은 스스로 노력하지 않아도 돈만 있으면 뭐든 가능하다고 생각합니다. 이를테면 외모가 마음에 들지 않는다? 그럼 성형을 하거나 다이어트를 하면 된다고 믿는 것입니다. 기분을 좋게 해주는 약, 성형수술, 소비를 통한 신분상승에 대한 광고가 우리에게 돈으로 행복을 살 수 있다는 환상을 심어줍니다.

《포브스》지의 전 발행인인 맬컴 포브스Malcolm Forbes가한 유명한 말이 있습니다. "돈으로 행복을 살 수 없다고 생각하는 사람은 쇼핑 장소를 잘못 택한 것이다." 이런 믿음은 행복해지고 싶지만 돈을 갖지 못한 우리의 좌절감을 부채질합니다. 그리고 우리 스스로 만든 마음의 감옥을 더욱 견고하게 할 뿐입니다.

저는 이런 삶을 '복권 인생'이라고 부릅니다. 복권 장사는 마치 희망을 파는 것처럼 분위기를 띄우며 도박을 정당화합니다. 사람들은 헛된 바람을 갖고 줄을 서서 복권을 사고, 당첨이 되어 수억 원이 생긴다면 어떻게 돈을 쓸지 끊임없이 공상합니다. 그들은 이길 수 없는 게임에 돈을 낭비하고 있는 셈입니다.

저는 인생의 변화를 원하면서도 구체적인 계획은 세우지 않는 사람들을 수없이 만납니다. 그들은 항상 '지금부터' 달라지겠다고 말합니다. 그런 사람들에게 저는 묻습니다. 그 말이 진정한 의지의 표현인지, 아니면 단지 공상에 불과한 것인지를요. 공상은 즐겁고 신나지만, 공상과 현실을 혼동해서는 안 됩니다.

저는 내담자를 처음 만나면 가장 먼저 그가 변할 준비가 되어 있는지, 변화에 필요한 용기를 발휘할 의지가 있는지 확인합니다. 어떤 사람들은 삶이 변하는 것을 원해서가 아니라 다른 이유로 도움을 구하기 때문입니다.

자신을 학대하거나 잘못을 저지르는 사람 중 상당수는 고통을 경감해줄 약물과 동정심을 기대하고 병원을 찾아갑니다. 사회적 의무를 면제받기 위해 필요한 탄원서나 증언이 필요한 것입니다. 그들은 자신의 삶을 돌아보고, 감정에 책임을 지고, 행복해지기 위해 어떻게 해야 하는지 알아내는 힘든 과정은 원하지 않습니다.

그래서 저는 제가 할 수 있는 역할을 분명히 하기 위해 내담자들에게 먼저 다음과 같은 글이 적힌 문서를 보여준 뒤 서명해달라고 요구합니다.

> 저는 소송, 양육권 논쟁, 장애 판정, 근무태만에 대한 변명과 업무 조건의 변화 등을 요구하는 법적이거나 행정적인 절차에 관여하지 않습니다. 만일 위의 이유 중 어느 한 가지 목적을 갖고 있다면, 다른 사람을 찾아보십시오. 저는 오로지 '치료'만 합니다.

사람들은 주로 생각, 바람, 의도가 생긴 것을 변화 그 자체로 착각합니다. 하지만 말과 행동을 혼동하면 치료가 어려워집니다. 내면의 고백은 영혼을 위해 필요하지만, 행동이 함께 바뀌지 않는다면 그것은 공허한 울림에 불과할 뿐입니다.

우리는 언어를 사용하는 동물인지라 자질구레한 생각까지 표현하기를 좋아합니다. 사람들이 전화할 때 말하는 것을 들어보십시오. 우리는 말을 지나치게 중시하고 있습니다. 저는 종종 사람들에게 그들이 말하고 원하는 것과 실제 행동이 다르다고 지적합니다. 그러면 그들은 깜짝 놀라고 때로는 화를 내기도 합니다. 그래서 저는 그들의 말을 곧이곧대로 받아들이지 않고, 차라리 그들이 보여주는 행동에 관심을 기울이는 편입니다.

우리가 쓰는 말 중 '사랑한다'는 말만큼 감동을 주는 것은 없습니다. 누구나 이 말을 듣고 싶어 합니다. 하지만 입으로 사랑을 말하며 행동은 그렇지 않다면, 그 말은 거짓이거나 지켜지지 않을 약속에 불과할 뿐입니다.

우리의 말과 행동이 다른 것은 우리가 위선적이기 때문이 아닙니다. 우리는 보통 선의로 약속을 합니다. 하지만 단지 말에만 너무 많은 신경을 쓰는 나머지 정작 중요한 행동은 소홀히 하는 것입니다.

우리가 스스로 만든 감옥의 벽은 위험에 대한 두려움과 세상 사람들이 우리의 바람대로 행동할 거라는 희망이 반반씩 섞여 만들어져 있습니다. 물론 달콤한 환상을 버리기는 어렵습니다. 그러나 주변 세상과 맞지 않는 인식과 믿음을 갖고 행복한 삶을 건설하기는 더욱 어렵습니다.

물질만능주의는 땀 흘려 애쓰지 않아도 행복을
얻을 수 있다는 환상을 품게 만들었다.
많은 사람들이 돈만 있으면 이루지 못할 것이 없다고 생각하고
이런 헛된 꿈이 우리를 단단한 감옥으로 몰아넣고 무기력하게 만든다.
그 감옥 안에서 우리는 행동하지 않고
그저 막연한 바람과 꿈들을 늘어놓으며 공상을 즐긴다.
물론 꿈을 꾸는 것은 중요하다.
하지만 꿈은 어디까지나 현실에 발 딛고 있어야 한다.
꿈을 실현하기 위한 행동이 뒤따라야 한다.
각자 마음속에 만들어둔 감옥에서 빠져나와
아주 작은 것부터 행동으로 옮기는 용기를 가져야 한다.

열 번의 변명을 하느니
한 번의 모험을 하는 것이 낫다

새로운 일에 도전하면서 왜 그 일을 할 수 없는가에 대한
변명거리만 준비하는 사람이 있는가 하면,
그 일을 하지 못할 이유가 없다는 모험심으로 출발하는 사람도 있다.

'세 살 버릇 여든까지 간다.'는 말이 있습니다. 주로 부정적인 행동을 언급할 때 쓰는 말이지요. 쉽게 버릇을 고치지 못하는 게 인간입니다. 나쁘다는 걸 뻔히 알면서도 꽉 붙들고 있는 거지요. 일찍이 소크라테스는 "반성하지 않는 삶은 살 가치가 없다."고 말했습니다. 그런데도 우리는 나쁜 습관에서 쉬 벗어나지를 못합니다. 벗어나자면 그만큼 힘이 들고 피나는 노력이 필요하기 때문입니다.

우리는 스스로 선택해서 어떤 행동을 했다고 생각합니다. 하지만 실제로는 별다른 이유 없이 행동할 때가 많습니다. 프로이트는 우리 행동 이면에는 무의식이 간섭한다는 이론을 세워 심리학 분야에 지대한 공헌을 했습니다. 우리가 무의식 중에 행동을 하더라도 거기에는 분명 어떤 동기가 숨어 있다는 것입니다. 프로이트는 우리가 꾸는 꿈이나 어쩌다 하는 말실수까지도 감추고 싶은 은밀한 생각과 충동 때문에 생긴다고 말합니다.

워터게이트 사건 중에 있었던 일입니다. 닉슨 대통령은 국회 연설 중 제 발이 저렸는지 이런 말실수를 했다고 합니다.

"우리는 믿을 수 없는 대통령(president), 아니 현재(present)의 복지제도를 없앨 때가 됐습니다."

콘돌리자 라이스 전 미국 국무장관도 어떤 이야기를 하던 중에 "제가 남편(husband), 아니 부시(Bush) 대통령에게 말했던 것처럼……."이라고 해서 엉뚱한 상상을 하게 했다지요.

어쨌거나 우리가 하는 모든 행동에는 어떤 동기가 있는 게 사실입니다. 설령 겉으로 보여지는 동기가 없다 하더라도, 억눌려 있거나 감추고 있는 욕구가 행동으로 나타남을 인정하는 것은 자기 자신을 제대로 이해하는 첫걸음이기도 합니다.

여기서 우리는 역설적인 추론을 하나 해볼 수 있습니다. 만일 그러한 무의식의 세계를 부정한다면, 무의식의 세계가 의식의 세계를 지배할 수도 있다는 사실입니다. 다시 말해 우리가 무의식적으로 받아들였던 일들이 습관화되어, 계속해서 그 행위가 되풀이된다는 것입니다.

예를 들면 알코올 중독자인 아버지로부터 학대를 당했던

여자들은 나중에 남편을 고를 때 아버지와 닮은 남자를 고르는 경우가 많습니다. 또한 직장에서 사사건건 상사와 충돌하는 남자는 다른 직장에 가서도 마찬가지로 충돌합니다.

그런데 이러한 행동을 하지 않기 위해서는 먼저 자신이 그런 행동을 하고 있다는 사실을 직시해야 합니다. 하지만 사람들은 현실을 직시하지 않고, 그럴 생각이 없었는데 어쩌다 보니 그렇게 됐다거나 다른 사람 때문에 그랬다면서 책임을 전가합니다. 이런 식으로 어물쩍 넘어가면 자신의 불합리한 행동을 죽을 때까지 고칠 수 없습니다.

우리는 간혹 어떠한 일을 하면서 '왜 하는가?'라는 질문을 할 때가 있습니다. 그리고 똑같이 '왜 못 하는가?'라는 질문을 던지기도 합니다.

이때 후자의 질문은 모험을 의미합니다. 우리는 대부분 타성에 젖어 변화를 두려워하고 모험을 싫어합니다. 특히 거부를 당할 수 있다고 생각하면, 자존심에 상처라도 입을까 봐 뒷걸음질 치는 경향이 있습니다. 연륜과 경험이 쌓일수록 그러한 경향은 더욱 짙어집니다. 자라 보고 놀란 가슴 솥뚜껑보고 놀라는 것과 같은 이치입니다. 살면서 안 좋은 일들을 겪다 보니 미리 결과를 내다보고 몸을 사리는 경우가 많은 것입니다. 일례로 중년의 사람들이 파트너를 찾는 것을 두려워하고 망설이는 것도 바로 이러한 이유 때문입니다.

아무도 만나지 않고 혼자 지내는 시간이 많다 보면 우울해지기 마련입니다. 수많은 인터넷 데이트 사이트가 나날이 번성하는 것을 보면, 그만큼 동반자를 필요로 하는 사람이 많다는 것을 알 수 있습니다.

하지만 우리 문화는 젊음과 미모를 동경하고, 나이 든 사람들을 폄하하는 데 익숙해져 있습니다. 그래서 중년의 나이에 데이트를 하고 애정을 키워갈 수 있다는 자신감을 가질 수가 없는 거지요. 애인이나 연인이라는 어휘 자체가 40, 50대의 사람들에게는 먼 나라 이야기처럼 들리니까요.

우리는 종종 새로운 일을 대할 때 두려움을 갖습니다. 그래서 먼저 '이 일을 왜 하지?' 하고 자신에게 묻습니다. 그러면서 일을 피하려는 거지요. 그런데 실은 '왜 못 하지?' 하고 물어야 합니다. 그래야 그 일을 해나갈 수가 있습니다.

사실 스스로 자격이 없다고 선언함으로써 기회를 놓치는 경우가 수없이 많습니다. 그러면서 끊임없이 자기 자신을 변명하지요. 많은 사람들이 새로운 사람을 만나서 퇴짜를 맞는 수모를 당하기보다 그대로 혼자 사는 것을 택하는 이유도 이와 같습니다. 그들은 "괜찮은 사람은 다 결혼했다."라거나 "여자들은 너무 까다롭다." 같은 말로 변명합니다.

저는 모험을 꺼리는 사람들에게 묻고 싶습니다. "지금까지 살면서 어떤 모험을 해봤나요?" 아마 이런 질문을 받으면 누구나 자신이 그간 얼마나 안일하게 살아왔는가를 깨닫게 될 것입니다. 행글라이더, 번지점프, 배낭여행 등 조금만 위험하고 힘든 일에도 몸을 사리고 꽁무니를 뺐던 일들을 떠올리게 될 것입니다. 안전한 삶을 추구하느라 모험심을 잃었기 때문입니다. 그렇다고 도박장에 뛰어들어 인생을 올인하라는 소리는 아닙니다. 다만 살아가면서 우리가 하지 못할 일은 없다는 자신감을 가지면, 삶이 지금보다 훨씬 윤택해질 것이라는 얘기입니다.

우리는 종종 주위에서 용기 있는 사람들을 보고는 합니다. 그러면서 그들의 용기는 어디에서 나온 것인지 궁금해합니다. 용기를 내는 것은 분명 큰 모험입니다. 그렇기에 수많은 사람들은 용기를 내지 못한 채 불만스럽지만 현재에 안주하고 살아갑니다. 하지만 모험을 하지 않고서는 특별한 뭔가를 얻기가 어렵습니다.

무엇이든 처음부터 잘하는 사람은 없습니다. 어떤 분야에서든 숙련되기 전까지는 많은 고통과 실수가 따릅니다. 유능한 스키선수는 설원에서 수없이 넘어지면서 때로 부상을 입는 사고도 견뎌냈을 것입니다.

그런데도 많은 사람들은 고작 마음의 상처를 입게 될까 봐
사랑하는 사람에게 접근하는 걸 주저합니다. 명심하십시오.
목적을 달성하기 위해서 모험을 하는 것은 참으로 용기 있
는 행동이라는 것을요. 또한 마음의 상처를 받지 않으려고
모험을 거부하는 것은 매우 비겁한 일이라는 것도요.

이제 우리는 새로운 일을 할 때 '이 일을 왜 하지?'라고 묻는 대신
'이 일을 왜 못 하지?'라고 물어야 한다.
전자의 물음은 자신의 행동에 대한 회의일 뿐인 반면,
후자의 물음은 일에 대한 좀 더 진취적인 성찰이기 때문이다.
우리가 어떤 행동을 할 때 그 행동의 이면을 들여다보면
뜻밖에도 과거의 많은 경험들이 작용하고 있음을 알 수 있다.
성공의 기억이 있으면 좀 더 자신감을 갖고 진행하게 되고,
실패의 기억이 있으면 자연히 쭈뼛거리게 된다.
한마디로 말해서, 그 일을 완전히 새롭게 받아들이지 못하는 것이다.
그러나 모험심이 강한 사람은 그런 것들에 크게 좌우되지 않는다.
혹시 실패하더라도 모험 그 자체로 대가는 충분히 얻은 셈이므로.
그들은 결코 자조 섞인 푸념 따위는 하지 않는다.

열여덟 번째 지혜

인생에서 성공하려면
한 가지 가치만을 고집해서는 안 된다

뛰어난 두뇌, 유머감각, 완벽주의 등 어떤 사람을 돋보이게 하던 요소가
그 사람을 불리한 처지로 몰아넣을 수도 있다.
인생에 절대적 가치가 없듯 절대적 장점이란 것도 없다.

일반적으로 성공에 필요한 자질이라고
일컬어지는 것을 가진 사람들이 있습니다. 그들은 집중력이
뛰어나고 빈틈이 없으며 시간관리를 잘하고 양심적입니다.
하지만 함께 살아가기에는 까다로운 사람일 수 있습니다.
자신에게 엄격한 만큼 다른 사람에게도 많은 요구를 하기
때문입니다. 특히 편안하고 관대한 인간관계를 원하는 사람
에게는 아마도 기피의 대상이 될 것입니다. 일을 하거나 공
부를 할 때는 도움이 된 자질이 인간관계에서는 별 도움이
되지 않거나 오히려 해가 될 수도 있는 것이지요.
　　인생에서 두루두루 성공하려면 상황에 따라 다른 처세술
이 필요합니다. 회사에서는 직원들의 상사나 동료로서, 집에
서는 남편이나 가장으로서, 또 누군가의 친구나 애인으로서
그때그때 역할에 맞게 처신해야 하는 것입니다. 그런데 그
것이 생각처럼 쉽지는 않습니다. 어떤 상황이냐에 관계없이

우리는 늘 동일한 방식으로 행동하는 경향이 있기 때문입니다. 예컨대 회사에서 지시하는 데 익숙해져 있는 사람은 집에 와서도 자기는 꼼짝 안 하며 모든 것을 아내에게 시키는 경향이 있습니다. 직장생활과 취미생활을 구분하지 못하고 회사에서도 하고 싶은 대로 방만하게 일하는 사람도 흔히 볼 수 있습니다. 이런 사람들이 주위 사람들의 저항과 불만에 부딪치리란 것은 누구나 쉽게 상상할 수 있을 것입니다.

보통 배우자로는 자신과 정반대의 성격을 지닌 사람을 만나는 것이 좋다고 합니다. 그래서인지 까다로운 성격을 가진 사람과 좀 더 충동적이고 기분파인 사람이 만나는 경우가 많습니다. 그들이 서로에게 끌리는 이유도 자신에게 없는 것을 상대가 갖고 있기 때문입니다. 예를 들어 인생을 즐길 줄 모르는 남자는 자유분방한 여자를 동경합니다. 이때 여자는 규칙적이고 꼼꼼한 남자가 자신의 충동적인 성향에 균형을 맞추어줄 것으로 기대합니다. 하지만 이런 관계가 어떤 식으로 실망과 좌절을 불러오는지는 쉽게 예상할 수 있습니다. 남자가 "당신은 왜 그렇게 칠칠치 못한 거야?"라고 구박하면, 여자는 "당신은 재미라고는 눈곱만치도 없는 사람이야."라고 반박하겠지요.

충동적인 성격을 가진 사람은 우울증에 빠지기 쉽습니다.

완벽을 추구하는 사람도 마찬가지입니다. 그들은 일에서 성공할 수 있는 방법이 어째서 사람과의 관계에서는 통하지 않는지 의아해합니다. 편집증세가 있는 사람들은 뭔가를 통제하는 데 익숙합니다. 그래서 자기 마음대로 되지 않으면 불안해합니다. 이러한 불안감 때문에 계속 통제하게 되고, 결국은 문제를 더욱 크게 만들어버립니다. 그 때문에 갈등하고, 불평하고, 실망하다가, 기어이는 좌절하게 되는 것이지요.

너무 지나치면 부족한 것만 못하다는 말이 있습니다. 그것이 아무리 좋은 것이라 해도, 이를테면 친절도 과도하게 베풀다 보면 바람직하지 않은 결과를 가져올 수 있습니다. 이렇게 말하면 '모든 일에 중도를 지켜야 한다.'는 고리타분한 격언처럼 들릴지도 모르겠습니다. 하지만 지금까지 이야기했듯 아무리 좋은 품성이라도 처한 상황에 따라서는 빛을 발하지 못하고 오히려 일을 망쳐버릴 수도 있습니다. 따라서 어떤 한 가지를 고집하며 그것이 절대적인 규칙인 양 행동하는 것은 결코 바람직하지 않습니다.

가장 큰 장점이 때로 가장 큰 약점이 될 수 있다는 진실처럼, 우리가 꼭 알아야 할 인생의 또 다른 역설이 있습니다. 그것은 '믿는 도끼에 발등 찍힌다.'는 속담이 말해주듯, 소중하게 생각했던 어떤 것이 오히려 우리를 더욱 아프게 할 수도 있다는 것입니다. 예컨대 열렬히 사랑해서 결혼한 배우자가 지금 나를 가장 불행하게 만드는 사람이 될 수 있다는 사실을 생각해보십시오.

그 밖에도 인생의 역설은 얼마든지 있습니다. 쾌락을 좇다 보면 오히려 고통이 온다는 것도 그렇고, 가장 큰 모험은 오히려 아무 일도 하지 않는 것이라는 점도 그렇습니다. 승진을 하고 나면 월급이 오르는 대신 막중한 책임 때문에 힘들어지고, 꿈꾸던 해외여행을 마치고 돌아오면 빚더미가 기다리고 있습니다. 우리는 경험에서 훌륭한 교훈을 배우지만 그 교훈을 실천하려고 하면 이미 너무 나이가 들어 있습니다. 그토록 소중한 젊음은 젊은 시절에 낭비해버린 뒤입니다.

인생지사 새옹지마는 아마 이럴 때 쓰기 위한 말일 것입니다. 인생의 덧없음은 곧잘 우리를 비웃습니다. 더 행복하고 성공하기 위해 애쓰는 모든 노력을 무위로 만들어버립니다. 등 뒤에 죽음을 감춰두고서 한순간 우리를 아무것도 아닌 존재로 만들어버립니다.

바로 여기에 결정적인 인생의 역설이 감춰져 있습니다. 바로 우리는 언젠가 죽는다는 사실을 인정해야만 사는 동안 행복할 수 있다는 사실입니다. 지금 옆에 있는 사람과의 사랑이 아름답고 소중한 이유도, 모든 사물과 사람이 결국엔 덧없이 사라져버린다는 사실 때문일 것입니다.

인생을 좀 더 풍요롭고 즐겁게 살고자 한다면 이 역설적인 진리, 즉 모든 존재의 궁극적인 소멸을 받아들이지 않으면 안 됩니다.

아킬레스건은 우리 몸에서 가장 두껍고 튼튼한 힘줄이다.
아킬레스가 세상의 어느 누구보다 빨리 달릴 수 있었던 것은
그만큼 강한 아킬레스건을 가졌기 때문이었다.
그러나 그는 파리스가 쏜 화살에 아킬레스건을 맞아 죽게 된다.
결국 자신을 가장 돋보이게 한 것이 치명적인 독이 된 것이다.
지금 여기에서 좋은 것이 영원히 좋으리란 법은 없다.
인생에서 성공하려면 한 가지 가치만을 고집해서는 안 된다.

자기 자신을 속여서는
절대 가치 있는 삶을 살 수 없다

갖가지 핑계로 게으른 자신을 합리화하는 것만큼 어리석은 일은 없다.
자기합리화가 반복되면 결국은 어떤 판단도 올바로 할 수 없게 된다.

세상에는 많은 가치가 있습니다. 그중에서 가장 높이 쳐줄 만한 가치는 아마도 '진실함'일 것입니다. 우리는 살아가면서 아주 여러 가지 역할을 해야 합니다. 아버지 역할을 해야 하는가 하면 아들 역할도 해야 하고, 상사 역할을 해야 하는가 하면 부하 역할도 해야 합니다. 나이가 들어가거나 상황에 따라 해야 할 역할이 달라지는 것이지요.

하지만 세월이 아무리 흘러도 변하지 않는 것이 있습니다. 바로 '나는 나'라는 사실입니다. 지극히 당연한 사실이지만 그 사실대로 살아가는 사람은 많지 않습니다. 그저 대부분은 주위 사람들을 끊임없이 의식하면서 살아갑니다. 한마디로 그들에게 어떻게 보여질까 조바심을 내며 살고 있는 것이지요.

그래서 본의 아니게 만나는 사람에 따라, 아니면 상황에 따라 얼굴을 바꾸기도 합니다. 그러나 이러한 얼굴 바꾸기, 혹은 위선은 우리가 가장 경계해야 할 속성입니다. 위선은 많은 사람들을 능멸하는 행위입니다. 따라서 사람들은 위선을 행한 자에게 가차 없는 비판을 하고는 합니다.

지금 이 땅에는 부정한 목사, 사기꾼 정치가, 마약에 빠진 도덕군자, 어린이의 성을 착취하는 교육자 등이 버젓이 얼굴을 들고 훌륭한 사람인 양 행세하고 있습니다. 그들은 자신의 잘못을 덮기 위해 남은 물론이고 스스로에게도 가당찮은 변명을 하곤 합니다. 하지만 그런다고 해서 상황이 나아질 리 없습니다. 점점 더 깊은 수렁 속으로 빠져드는 자신을 발견하게 되는 것이지요.

위선의 가장 나쁜 점은 자기 자신마저 속인다는 것입니다. 우리는 스스로도 용납할 수 없는 행동을 하고는 그것을 어쩔 수 없는 사고라고 말하거나 건망증 탓으로 돌립니다. 대표적인 경우가 바로 불륜을 저지르고 나서 대처하는 방식일 것입니다. 휴대폰 메시지나 이메일을 통해 불륜이 발각되면 우선 모르는 일이라고 잡아떼고 봅니다. 그러나 이는 배우자를 속이는 일이기에 앞서 자신을 속이는 일입니다.

우리는 종종 중독에 빠진 사람들을 보게 됩니다. 알코올, 마약, 도박, 경마 등에 빠진 사람들은 자신은 아무 문제가 없다고 말합니다. 그리고 언제든 마음만 먹으면 그것을 끊어낼 수 있다고 장담합니다.

그러나 그들의 삶은 이혼수속을 밟고 있다거나, 실직 직전이라거나, 음주운전을 감행하다가 철창 신세를 진다거나 하는 식으로 패가망신 코스를 착착 밟아갑니다. 물론 거짓말을 할 수밖에 없는 그들의 상황을 이해 못 하는 것은 아닙니다. 그러나 자기 자신을 속이며 사는 이상 절대로 그 수렁에서 빠져나올 수 없습니다.

여러 거짓말 중 우리 자신에게 하는 가장 파괴적인 거짓말은 '각오'입니다. 무엇이든 열심히 해보겠다는 각오를 하는 것은 좋은 일입니다. 하지만 매일 각오만 되풀이하고 작심삼일로 끝나버린다면 차라리 아무런 각오도 하지 않은 것만 못합니다. 왜냐하면 어떤 일인가를 해보기로 각오했다는 사실만으로 안심하면서 아무런 행동도 하지 않을 가능성이 크기 때문입니다. 더구나 머릿속으로 이상적인 어떤 것을 꿈꾸느라 시간과 에너지를 낭비하다 보면 정작 지금 당장 중요한 현실적인 목표들을 놓쳐버릴 수도 있습니다.

세상일에 운이 작용하지 않는다고 말할 수는 없습니다. 그러나 모든 일을 운에 맡기는 사람은 게으른 사람입니다. 우리는 인간이기에 스스로 책임지는 것을 두려워하고, 잘못을 인정하는 쪽보다 변명하는 쪽을 선택합니다. 하지만 이것 역시 또 다른 형태의 자기기만일 뿐입니다. 물론 예정된 사고란 없습니다. 누군가가 들판에 나갔다가 번개를 맞았다고 해서 그를 비난하는 사람은 없을 것입니다. 그러나 그 사람이 들판에서 유일하게 눈에 띄는 큰 나무 아래 서 있었다면, 그의 상식을 의심할 것입니다.

우리는 날마다 뉴스에서 가지각색의 죽음을 목격합니다. 그중에서 음주운전, 총기 오발사고, 테러 시도 등은 충동 혹은 절제의 부족이 불러온 사건들입니다. 이런 '어리석음에 의한 죽음'에 대해서조차 변명할 수 있는 사람이 있을까요?

만일 다른 사람이나 어떤 이상을 위해 목숨을 걸었다면 그것은 용감한 일입니다. 하지만 세르반테스가 말했듯이 "하찮은 이유로 죽는 것은 가장 큰 죄악"입니다. 여기에는 어떤 변명의 여지도 없습니다.

설령 진실이 우리를 자유롭지 못하게 만든다 해도 잠시 잠깐 위안을 얻기 위해 자신을 속여서는 안 됩니다. 사실 자신을 속이는 것이니까 다른 사람한테 무슨 해가 되겠냐며 그 일을 아무렇지 않게 생각할 수도 있습니다.

그러나 자기 자신을 계속해서 속이다 보면 어느 순간에 자신도 모르는 괴물이 되어 있는 스스로의 모습을 발견하게 될 것입니다. 내가 웃고 있을 때 찡그리는 괴물, 내가 누군가와 악수하고 있을 때 욕을 퍼붓는 괴물! 그런 괴물과 한 몸에서 살아가는 일은 결코 즐거울 수 없습니다.

사실 우리가 한두 가지 자기합리화를 하지 않고 넘어가는 날은 하루도 없을 것입니다. 다만 욕심이 진실과 충돌하면서 일어나는 불협화음이 우리의 눈과 귀를 멀게 할 수 있다는 것을 명심해야 합니다.

우리는 몇 번 실수를 하고 나면
금세 포기하고 돌아서서 온갖 변명을 늘어놓는다.
심지어는 운이 없다거나 재수가 없다는 말로
상황을 모면하려고 하는 경우도 있다.
하지만 진짜 이유는 결국 자신이 가장 잘 알고 있다.
인정하고 싶지 않을 뿐이다. 살다 보면 자신도 모르게
나쁜 유혹에 빠질 수 있고 게으름을 피우며 살고 싶을 때도 있다.
그럴 때 스스로에게 솔직하지 못하면
영원히 그것들에서 빠져나올 수 없다.
불완전한 인간이기에 잘못을 저지를 수는 있지만,
그 잘못을 인정하느냐 하지 않느냐에 따라 인생은 달라진다.

완벽한 사랑은 없다
완벽하게 사랑하는 방법만이
있을 뿐이다

나를 온전히 이해해주는 사람과 영원히 함께하는
완벽한 사랑이 있다면 얼마나 좋을까.
하지만 그것은 환상이며 헛된 욕망일 뿐이다.

우리는 가끔 전생의 원수와 현생에서 부부의 인연을 맺는다는 말을 합니다. 배우자에 대한 불만에서 비롯된 말이지요. 이런 불만은 내 배우자가 아니라, 다른 어딘가에는 나를 전적으로 이해해줄 사람이 있을 것이라는 환상에서 기인한 것입니다. 불륜도 대체로 이러한 환상에서 시작됩니다.

결혼한 부부를 대상으로 한 어느 조사에 따르면, 남자는 마흔 살이 될 때까지 50~65퍼센트, 여자는 35~45퍼센트가 바람을 피운다고 합니다. 일부일처를 결혼의 중요한 가치로 표방하는 우리 사회에서 이 숫자는 참으로 놀라운 결과가 아닐 수 없습니다.

이는 다시 말해 많은 사람들이 위선 속에서 살아가고 있으며, 또한 배우자에게 심각한 불만을 가지고 있다는 증거입니다. 도대체 우리는 내 배우자가 아닌 다른 사람에게서 무엇을 찾고 있는 것일까요?

많은 사람들은 일상의 단조로움에서 벗어나기 위해 육체적 쾌락에 빠져든다고 말합니다. 그런데 좀 더 내면 깊숙이 들어가면 육체적 쾌락의 추구는 죽음에 대한 두려움에서 비롯되는 반응일 뿐입니다.

나이가 들고 젊음과 영생에 대한 헛된 욕망과 타협하려고 노력하면서 사람들은 자신이 여전히 성적 매력을 갖고 있다는 생각을 확인하고 싶어 합니다. 이때의 선택이 배우자가 아닌 새로운 누군가와 섹스를 하는 것입니다.

그러나 건강하고 성숙한 삶이란 누구나 각자 나름대로 가치가 있음을 받아들이고 지금 있는 그대로의 모습을 사랑할 줄 아는 삶입니다. 그런데도 사람들 대부분은 누군가가 자신을 무조건 사랑해주기를 바라면서 전전긍긍합니다. 불행히도 그런 사랑을 배우자에게서 받지 못한다고 느끼기 때문에 밖에서 찾는 것입니다.

사실 결혼이란 문서화되지 않은 서비스 계약의 일종이라고도 할 수 있습니다. 전에는 남자가 사회생활을 통해 경제적인 안정을 책임지는 대신, 여자는 가사와 육아를 책임진다는 암묵적인 합의가 있었습니다.

그런데 여자들이 사회생활에 참여하면서 육아와 가사를

혼자 도맡아 해야 하는 부당함을 거부하기 시작했고, 여성
운동을 통해 자신들의 부당함을 적극적으로 알리기 시작했
습니다.

이는 양성평등을 향해 가는 건전한 변화이자 발전이지만,
안타깝게도 이로 인해 부부간의 원망과 갈등이라는 문제가
나타나기도 합니다. 여성의 경제적 독립이 증가함과 동시에
이혼율이 높아지는 현상이 나타나는 것은 우연의 일치가 아
닐 것입니다.

이러한 변화가 꼭 나쁜 것은 아닙니다. 불행한 결혼으로
인생을 낭비하지 않을 수도 있기 때문입니다. 그야말로 선
택이 가능한 사회는 그것만으로 한 단계 발전된 사회라 할
수 있습니다. 그런데 왜 우리는 중요한 뭔가를 잃어버린 것
처럼 느끼는 것일까요?

제 생각에는 그 와중에 사회적 약자인 아이들이 많은 피해
를 입고 있기 때문인 듯합니다. 어른들은 자신의 입장을 합
리화하기 위해 아이들이 불행한 가정에서 사는 것보다는 오
히려 부모의 이혼을 받아들이는 편이 낫다는 말들을 하곤
합니다. 하지만 부모의 이혼이 아이들에게 엄청난 불안과
충격을 준다는 증거는 얼마든지 있습니다. 아이들은 부모가
이혼하는 과정에서 서로 욕하고 싸우는 모습을 고스란히 지

켜보며 심한 마음의 충격을 받습니다.

또한 아이들은 자신의 의사와는 상관없이 부모 중 어느 한쪽과 떨어져 사는 아픔을 체험합니다. 여린 마음으로 감당하기 힘든 충격과 아픔을 겪다 보니 저도 모르는 사이에 결혼에 대한 환멸 머릿속에 키우기도 합니다.

이렇듯 아이 문제와 경제적인 사항들을 저울질하다 사람들은 모순적인 해결책을 내놓게 되었습니다. 불륜은 저지르면서도 이혼은 고려하지 않는 것입니다.

하지만 애초에 불륜부터 저지르지 않아야 합니다. 무릇 불륜이란 동물들에게서나 볼 수 있는 난교의 일종이라고 할 수 있습니다. 인간들만이 느끼는 두려움과 갈망의 표현인 불륜, 완벽한 반쪽을 찾는 위태로운 모험으로써의 불륜은 유아적인 착각인 동시에 중년에 느끼는 두려움에 의해 나타나는 한 가지 증상일 뿐입니다. 우리가 그러한 유혹을 뿌리치지 못하는 이유가 바로 거기에 있지만, 불륜은 삶을 개선하는 도구가 아닐 뿐 아니라 결혼생활과 아이들의 인생을 파탄내는 지름길입니다. 우리는 그 사실을 명심해 잘못된 유혹에 빠져들지 말아야 합니다.

미국의 전설적인 여성 포크가수 존 바에즈는 다음과 같이 노래했습니다.

"완벽한 사랑을 찾아 떠나는 그대여……."

노래의 제목은 영특하게도 '슬픔의 샘'이었습니다.

많은 사람이 완벽한 사랑을 추구한다.

때로 어떤 이들은 자신의 이상형이 나타나면

언제든 가정을 깰 것처럼 행동하기도 한다.

결혼하며 맹세했던 말들과 살면서 져야 할 책임을

완전히 무시하는 것이다.

그러나 완벽한 사랑은 완벽한 열정일 뿐

열정이 식으면 같은 일이 반복된다.

사랑에 대한 환상을 갖지 말고 사랑할 수 있는 방법을 배워야 한다.

우리에게 필요한 것은 완벽한 사랑의 대상이 아니라

완벽하게 사랑하는 방법이다.

사랑할 사람을 고르는 데에도
요령이 필요하다

고통으로 가득 찬 이 세상을
살아볼 만한 곳으로 만드는 신비로운 존재가 바로 사랑이다.
인간이 견뎌야 할 모든 시련에 대한 보상으로 주어지는 것도 사랑이다.

인간이 다른 인간에게 호기심을 갖기
시작한 것은 태초부터라고 할 수 있습니다. 성경에는 아담
과 이브가 선악과를 먹고 서로의 다름에 눈을 뜬 것으로 나
와 있습니다. 그들은 선악과에 대한 호기심과 뱀의 유혹에
넘어가는 우유부단함 때문에 하나님의 미움을 받고 에덴동
산에서 추방당하고 맙니다.

　그렇다면 천국에서 벌거벗은 채로 영원히 행복하게 사는
대신, 수치를 느끼며 힘들게 일해야 하는 인생을 택할 만큼
금단의 열매를 갈망하게 만든 것은 무엇이었을까요?

　어떤 면에서 인간의 성장과정은 이 추방의 역사를 재현하
고 있습니다. 우리의 유년기는 순진한 믿음에서 가혹한 현
실에 눈떠가는 깨달음의 연속입니다. 아이들은 산타클로스,
달걀귀신, 완벽한 부모, 죽음 등의 실체를 하나씩 깨우치면
서 성장합니다. 그러면서 차츰 삶은 아름답고 행복하기만

한 것이 아니라 투쟁과 고통과 상실로 가득한 생로병사의 현장이라는 걸 알게 됩니다.

생각해보면 우리가 이런 세상에서 낙담하지 않고 행복하려고 노력하는 것은 참으로 대단한 일입니다. 그중에서도 가장 돋보이는 일은 역시 자신의 '반쪽'을 찾는 작업일 겁니다. '반쪽'이라는 단어는 지금은 서로 떨어져 있지만 본래는 붙어 있었다는 상반된 의미를 갖고 있습니다.

마크 트웨인은 『이브의 일기Eve's Diary』에서 주인공 이브의 입을 빌려 이렇게 말했습니다.

"에덴동산은 저에게 꿈입니다. 그곳은 그 어느 곳보다 아름답고 매혹적이었습니다. 이제 에덴동산은 사라졌고, 더 이상 그곳에 갈 수 없습니다. 하지만 에덴동산을 잃어버린 대신 저는 제 반쪽을 찾은 것으로 만족합니다."

사람들은 실패한 사랑이 남긴 상처를 떠올릴 때마다 인생의 동반자를 선택하는 문제에 대해 다소 냉소적으로 반응합니다. 그러면 저는 그들에게 묻습니다.

"당신이 그를 평생의 동반자이자 아이들의 아빠로 선택했을 때는 그가 전혀 다른 사람이었습니까? 당신에 대한 그의 충성, 진심, 사랑에 대해 일말의 의심도 없었나요?"

이런 물음 앞에서 사람들은 젊은 시절의 경솔함과 어리석음을 후회합니다. 아마 이는 우리가 시간이 지날수록 변한다는 것을 보여주는 대표적인 예일 겁니다.

우리는 자라면서 부모가 서로에게 보여주는 애정의 형태를 통해 사랑을 배우게 됩니다. 그런데 제가 만난 대부분의 사람들은 부모의 사랑을 통해 오히려 사랑이 오래 지속되기 어렵다는 점을 배우는 것 같았습니다.

그런데 아이러니한 것은 우리가 사랑에 빠질 때는 어떤 이유와 조건도 필요로 하지 않는 것처럼 보인다는 것입니다. 두 사람이 만나 서로에게 끌리는 과정은 불가사의해서 논리적인 설명이 어렵습니다. 헤어질 때 역시 더 이상 사랑하지 않게 됐다는 것 말고는 다른 이유를 찾을 수 없는 경우가 많습니다. 우리는 사랑을 지속하는 것이 어렵고 그래서 배우자를 선택할 때는 신중해야 한다고 생각하면서도 사랑이라는 감정의 불가사의함에 모든 것을 맡겨버립니다.

크게 보면, 이것은 교육이 필요한 문제입니다. 학교에서는 이 중대한 인륜지대사에 대해 가르쳐야 합니다. 사람들은 학교에서 삼각함수, 산업미술, 보건 등 실생활과 거리가 먼 과목들은 배우지만, 친구 혹은 연인을 선택할 때 실수하지 않는 법에 대해서는 배우지 않습니다. 인간성과 인간의 행동에 대한 과목은 학교 안에서 찾아볼 수가 없습니다. 따라서 평생을 함께할 상대를 선택하는 중요한 과제는 시행착오의 연습장이 될 수밖에 없습니다. 그리고 이 시행착오는 값비싼 대가를 요구합니다.

저는 '행복 추구'라는 인간의 보편적인 주제를 다루는 과목을 만들면 좋겠다고 생각합니다. 우선 처음에는 사랑의 정의에 대한 토론으로 수업을 시작합니다. 다음은 인격장애에 관한 지침과 남들에게 상처를 주는 사람들의 성향에 대해 알아보는 겁니다. '바람직한 동반자'에 관한 수업에서는 친절과 공감 같은 훌륭한 덕목들을 알아보는 방법에 대해 공부합니다. 마지막 수업에서는 평생을 해로한 부부들뿐 아니라 고통스러운 이혼을 경험한 사람들을 강사로 초빙합니다.

이때 평생을 함께 산 부부 강사는 신중하게 골라야 할 것입니다. 오륙십 년 이상 함께 산 노인들에게 '성공적인 결혼의 비결'에 대해 질문하면, 지긋지긋하지만 어쩔 수 없이 참고 산다는 식의 대답을 종종 듣게 되기 때문입니다. 그런 말을 듣다 보면 영원한 사랑은 불가능한 것처럼 보일 수도 있습니다.

아담과 이브가 에덴동산에서 쫓겨난 사건에서 배울 점이 있다면, 그들은 서로 결합함으로써 인간이 살면서 겪어야 하는 모든 시련, 즉 힘든 노동과 고통스런 질병과 슬픈 노년, 그리고 무서운 죽음에 대한 보상을 받았다는 사실일 것입니다.

하나님의 분노를 잊게 할 정도로 금단의 열매를 먹음직스럽게 만든 것이 무엇이었을까요? 그 답은 "에덴동산을 잃어버린 대신, 저는 제 반쪽을 찾은 것으로 만족합니다."라는 마크 트웨인의 말로 대신할 수 있을 것 같습니다.

사랑하는 사람을 만나는 일은
우리 인생에서 가장 소중하고 의미 있는 일이다.
그런데 우리는 이 소중한 반쪽을 만나는 일을
너무나 가볍게 생각하고는 한다.
가벼운 여름옷을 고를 때와 두꺼운 코트를 고를 때의
마음가짐은 분명 다르다.
자동차를 살 때보다는 집을 구할 때 훨씬 더 많은 신경을 쓴다.
그런데 인생에서 가장 신중해야 할 연인을 선택할 때는
지극히 충동적이고 찰나적인 감정에 기대고는 한다.
사랑을 소중히 여겨라.
그리고 그 선택에 있어서 최선을 다하라.

스물두 번째 지혜

부모의 역할은 행복하게 사는
본보기를 보이는 것이다

끊임없이 규칙을 만들고 강요하고 통제해야만
부모로서의 역할을 다하는 것이라고 믿는 사람이 있다.
하지만 그들은 오히려 아이를 나약하고 비관적인 사람으로 만들 뿐이다.

우리는 가까운 사람들과 대화하면서 얼마나 자주 훈계나 지시를 하고 있을까요? 저는 때로 부모님들과 상담하면서 아이들과 대화를 나누며 얼마나 야단을 치거나 명령하는지 생각해보라고 합니다. 이때 많은 사람들이 80~90퍼센트라는 대답을 합니다. 더욱이 놀라운 것은 부부 간의 대화에서도 이 같은 숫자가 나온다는 사실입니다.

저는 부모들에게 남한테 잔소리를 들으면 자신이 어떻게 반응하는지 생각해보라고 합니다. 대부분 화를 내거나 고집을 부리게 된다고 말합니다. 아니면 대놓고 거부를 하거나 한쪽 귀로 흘려듣는다고 하지요. 그런데도 자신들은 다른 누군가에게 이래라저래라 잔소리를 하는 것입니다. 잔소리를 빼면 대화가 전혀 안 되는 경우도 있습니다. 그들은 사람들이 잔소리에 어떻게 반응하는지 뻔히 알면서도 자기 뜻대로 움직이고 싶은 욕심이나 우월감에서 그와 같은 행동을 합니다. 요즘처럼 자녀 중심으로 돌아가는 사회에서조차 부모들은 아이들의 성적을 올리기 위해서, 혹은 아이를 올바른 사람으로 키운다는 미명 아래 잔소리를 하고 있습니다. 부모들은 누구보다도 자신이 아이들에게 유익한 길을 잘 알고 있다고 생각합니다.

저는 종종 사람들에게 며칠만 잔소리를 하지 말고 집안 분위기가 어떻게 변하는지 살펴보라고 권하고는 합니다. 그러면 많은 사람들이 당장에 무슨 큰일이라도 날 것처럼 펄쩍 뜁니다.

"만일 제가 잔소리를 하지 않으면 당장 엉망진창이 되고 말 거예요. 아무도 집안일을 안 하려 들 거고 싱크대에는 그릇이 산더미처럼 쌓이겠죠. 방 청소는커녕 숙제도 하지 않아 학교 성적이 곤두박질칠 게 뻔합니다. 집 안 전체가 손쓸 수 없을 만큼 망가지는 건 시간문제죠. 절대로 그냥 내버려 둘 수 없습니다."

이처럼 경계를 늦추면 당장이라도 큰 낭패를 볼 거라고 생각하는 것을 '두려움 부풀리기'라고 합니다.

'미운 세 살'이라는 말이 있습니다. 자기중심적인 아이에게 부모가 최초로 "안 돼!"라는 말을 하고 아이가 그 말의 뜻을 알아듣는 시기일 것입니다. 아이들이 떼를 쓰는 것은 사춘기에 부리게 될 반항의 리허설이라 할 수 있습니다. 부모들은 이런 아이의 행동에 대해 이야기하며 머리를 절레절레 흔들곤 하지만, 대부분의 아이들은 결국 부모가 기대하는 대로 커나갑니다.

자신의 임무를 잘못 알고 있는 부모들이 있습니다. 행동을 바로잡기 위해 규칙과 처벌을 정한 뒤 아이들을 다스리는 게 자신들의 일이라고 믿는 것입니다. 이런 부모 밑에서 자란 아이들은 설령 나중에 사회에서 성공한다 해도 반항적이고 공격적인 성향을 띠게 됩니다.

소극적인 저항은 힘없는 자들의 최후수단입니다. 공장 근로자들이 부당한 대우를 받았을 때 파업을 하지 못하면 태업이라도 시도하는 것이 보통의 모습입니다.

아이들 역시 힘에 밀려 부모에게 공공연하게 대들지 못하는 대신 해야 할 일을 하지 않는 것으로 불만을 나타냅니다. 공부를 하지 않거나, 심부름을 시켜도 미적거리는 등의 태도를 보이는 것이지요. 그런데 부모들은 이런 아이들에게 계속해서 잔소리를 하거나 벌을 줍니다.

저는 때때로 부모님들께 아이들과 입장을 바꿔놓고 생각해보라고 합니다. 잔소리가 모든 문제의 해결책은 아니라는 것, 그리고 강압적이고 반복적인 태도가 오히려 반감을 부추기게 된다는 것을 깨달았으면 하는 마음에서입니다.

아이와의 충돌로 고민하는 사람들은 종종 배우자와의 관계도 껄끄럽다고 호소합니다. 부부가 서로 비난하고 힘겨루기를 하고, 상대방이 자신의 말을 무시한다고 불평하는 것이지요.

저는 그들에게도 역시 비난과 잔소리를 자제해보라고 권유합니다. 하지만 배우자에게 이래라저래라 잔소리를 하는 것에 이미 익숙해진 사람들은 다른 방법을 상상하지 못합니다. 그들은 이렇게 외치곤 하지요.

"천만에요, 그냥 놔두면 제대로 되는 일이 하나도 없습니다!"

아이들은 부모가 사는 모습을 지켜보면서 그대로 모방합니다. 불평불만의 소리가 끊이지 않는 가정에서 자라난 아이들이 불만투성이의 어른이 되기 쉬운 것은 바로 그런 이유에서입니다. 그야말로 불평불만이 생활화되어 다른 대처 방식이 있다는 것조차 모르는 겁니다.

그런 사람들에게 불평하지 말라고 하는 것은 삶의 정체성을 송두리째 부정하는 것이나 다름없습니다. 그들은 관계를 부드럽게 풀어나가기 위해 타인들에게 호의를 베풀려는 노력을 의식적으로 해야 합니다.

그러나 그간 모든 관계를 불만과 적대감으로 채워왔는데 갑자기 호의를 베푸는 것은 참으로 어려운 일일 것입니다. 비록 그 일이 자신에게 도움이 되지 않는다 해도, 관성에 의해 해온 대로 계속하는 것이 어쩔 수 없는 우리 인간의 속성이기 때문입니다.

이런 연유로, 입만 열었다 하면 남을 흉보는 사람들을 주변에서 찾는 것은 어렵지 않습니다. 그들은 자신이 신이라도 된 것처럼 이것저것 잔소리를 해댑니다. 주변 사람들을 비판하거나 잔소리를 하지 않고 생활하는 것을 감히 상상도하지 못합니다.

저는 생각합니다. 만일 그러한 삶에서 벗어나기만 한다면 그들은 이 세상에서 천국을 발견하게 될 거라고. 그럼에도 비난과 비판, 잔소리를 멈추지 않는 것은 그들이 인간을 본질적으로 악한 존재로 보고 있음을 증명해줍니다.

그들의 의식 깊은 곳에는 죄를 지었을 때 받게 되는 처벌에 대한 두려움, 그리고 권위에 대한 복종심이 숨어 있습니다. 이것은 마치 '죄는 사망이요, 믿음은 구원'이라는 종교적인 공식을 떠올리게 합니다.

하지만 부모들이 아이들에게 잔소리하는 심리에까지 종교를 끌어다 심각하게 해석할 필요는 없을 겁니다. 아무리 여유 있고 관대한 사람이라도 자식의 일에 대해서만큼은 염려와 바람을 품지 않을 수 없을 테니까 말이죠.

갓 태어나 백지장처럼 아무것도 담겨 있지 않은 아이의 마음속에 세상의 질서를 그려 넣어주는 것이 결국 부모의 역할입니다. 아이가 세상의 위험으로부터 스스로를 지킬 수 있도록 충분한 지혜와 정보를 주고 싶은 것은 부모로서 지극히 자연스러운 욕구라고 할 수 있겠지요. 부모는 아이가 바로 그런 일들을 제대로 해내지 못할까 봐, 그리하여 훗날 다치게 될까 봐 두려운 것입니다.

그러나 아무리 좋은 부모라도 훌륭한 스승이 되기는 어려운 법입니다. 아이에게 세상에 대해 욕심껏 가르치려 들었다가, 자칫 세상에 대한 두려움과 불안감을 심어줄 수도 있다는 걸 알아야 합니다.

우리가 아이를 기를 때 최고의 목표로 정해야 할 것은 불확실한 세상 속에서도 행복해질 수 있다는 확신과 희망을 심어주는 일입니다. 그것은 단순히 아이들을 사랑으로 보살피는 일을 넘어섭니다.

이때 백 마디 말을 들려주는 것보다 하나라도 행동으로 보여주는 것이 훨씬 더 효과적입니다. 만일 부모가 결단력과 책임감을 갖고 낙천적인 태도를 보여줄 수 있다면, 자녀를

잘 키우는 법에 관한 책들은 모두 불쏘시개로 사용해도 무
방합니다.

부모는 자녀들을 자신의 소유물로 여기고
자신의 생각대로 키우기 위해 다그치고는 한다.
하지만 사실 부모들 또한 완벽하지 않다.
자녀들이 어떤 생각을 하는지, 무엇을 원하는지,
어떤 것에 재능이 있는지 잘 알지 못한다.
그저 자신이 옳다고 믿는 방식과 원칙만을 강요할 뿐이다.
부모의 욕심대로 자녀들이 커준다면 다행이겠지만
대부분은 그렇지 못하다. 오히려 정해진 울타리 안에서
통제받던 습관 때문에 사회생활에 문제를 겪곤 한다.
부모가 먼저 변화하고 행동으로 본보기를 보여야 한다.
그것이 자녀를 변화시키는 가장 좋은 방법이다.

때로 우리는 아프다는 핑계로
책임을 회피한다

아픈 사람에 대해서는 관대해지는 법이다.
그래서 누군가의 사랑을 갈구하거나 고통스러운 상황을 회피하고 싶을 때
우리는 몸져눕는 방법을 택하곤 한다.

세상의 모든 고민을 짊어지고 찾아오
는 사람들, 그들이 제 내담자들입니다. 그저 저와 한담이나
주고받으려고 들르는 사람은 한 명도 없습니다. 상담에 드
는 비용도 만만치 않은데다 마음의 병에 대한 잘못된 선입
견 때문에 웬만큼 고통스럽지 않으면 도움을 구하러 오지도
않기 때문입니다. 저는 이런 사람들을 향해 대뜸 묻습니다.

　　"지금 시련을 겪고 계신데, 그래서 좋은 점은 뭔가요?"

　　그들은 한결같이 어리둥절한 표정을 짓습니다. 고통과 불
안, 우울에만 온통 신경을 써온 탓에 그것으로 인한 혜택에
대해서는 한 번도 생각해보지 않았기 때문입니다.

　　동물심리학을 살펴보면 '보상의 법칙'이라는 게 있습니
다. 동물들은 보상을 받는 행동을 계속하고, 그렇지 않은 행
동은 그만둔다는 법칙입니다.

　　원숭이는 손잡이를 당겨서 규칙적으로, 혹은 이따금씩이

라도 먹을 것이 나오면 그 행동을 계속합니다. 그러다가 먹을 것이 완전히 끊겼다는 것을 알면 더 이상 손잡이를 당기지 않습니다. 사람도 마찬가지입니다. 우리는 어떤 보상을 받을 수 있는 행동을 반복합니다. 다만 그 보상이 무엇인지를 스스로 알아차리지 못할 때가 있을 뿐입니다.

우리의 어깨를 가장 무겁게 짓누르는 짐은 아마도 사랑하는 사람들을 어떻게 부양하느냐 하는 문제일 겁니다. 사랑하는 사람들을 책임지는 일은 그 무엇보다 힘이 듭니다. 우리가 판에 박힌 일상 속에서도 꿋꿋하게 참아내며 일을 하는 것은 사람들의 기대에 부응하기 위해서입니다.

이러한 막중한 책임으로부터 벗어나는, 사회적으로 용인된 몇 안 되는 방법 중 하나가 바로 병에 걸려 몸져눕는 것입니다. 병에 걸리면 날마다 아침 일찍 일어나 하기 싫은 일을 하지 않아도 됩니다. 사랑하는 사람들로부터 제발 쉬라는 말을 듣게 됩니다. 비록 몸이 아프고 불편하긴 하지만 잠시나마 책임감이라는 무거운 짐을 내려놓게 되는 겁니다.

물론 대부분의 사람들은 병에 걸렸으면 좋겠다는 생각을 하지 않습니다. 병이 나면 불편하다는 생각이 다른 어떤 생각보다 우선하기 때문입니다. 자신이 환자가 된다는 사실을 유쾌하게 받아들이는 사람은 그리 많지 않습니다. 하지만 실제로 병에 걸리고 치료기간이 길어지면, 사람들은 자연스럽게 자신이 환자라는 사실을 받아들입니다. 이건 참으로 위험한 현상이 아닐 수 없습니다. 자신이 환자라는 인식이 무의식 중에 자리 잡으면, 자신을 보호하려는 본능이 강해져 어떠한 변화에도 저항하기 때문입니다. 이러한 무의식을 의식으로 끌어내서 환자 스스로 병을 극복하려는 의지를 갖게 하는 것이 심리치료사가 하는 일입니다.

정신과 진단은 필연적으로 서술적입니다. 우리는 어째서 유독 불안감에 취약한 사람이 있는지 알지 못합니다. 보통 이런 질환은 가족 내력이고 약물치료에 반응하기 때문에 유전적인 이유가 있다고 생각하는 것이 타당합니다. 하지만 형제자매, 심지어 일란성 쌍둥이 사이에서도 차이가 발생하는 이유는 뭘까요?

우리는 질병 치료를 위해 약을 즐겨 사용합니다. 약의 가장 큰 단점은 육체적 질병에 직면했을 때 환자를 무기력하게 주저앉히는 역할을 한다는 사실입니다. 약은 환자들의 책임감을 줄이는 대신 의사들에 대한 의존성을 높입니다. 지난 50년간 신경계 분야에서는 효과가 탁월한 여러 약품들이 개발되었고, 환자들은 어떤 상황에서든 약만 복용하면 된다는 안일한 생각을 하게 되었습니다.

물론 약물이 여러 가지 정서장애의 치료에 도움이 되지 않는다는 것은 아닙니다. 하지만 어떠한 약물이 개발된다 해도 심리치료의 중요성은 줄어들지 않을 겁니다. 왜냐하면 약물에 의지하지 않고도 스스로 감정과 행동을 변화시켜 치료가 가능하기 때문입니다. 인간의 강한 의지가 최선의 치료약입니다.

남의 손에서 자라는 아이는 잔병치레가 잦다고 한다.
부모의 사랑을 갈구하는 아이의 욕구가
병으로 표출되는 것이다. 몸이 아플 때는 부모의 관심과 사랑이
지극해진다는 것을 본능적으로 아는 것만 같다.
살면서 마음이 불편하거나 책임을 회피하고 싶은 상황은
언제든지 찾아올 수 있다. 하지만 드러눕는 것으로는
상황이 바뀌지 않는다. 병원의 치료나 주위의 관심도
일시적인 위안에 지나지 않는다.
정말로 그 상황을 바꾸고 싶다면 자기 의지대로 행동하고
책임지는 자세가 필요하다.

스물네 번째 지혜

불필요한 두려움은
진정한 기쁨을 방해할 뿐이다

이 사회는 온갖 다양한 것들로 우리를 불안하게 만든다.
전쟁과 테러, 가난, 질병, 사업 실패…….
그것들은 단지 일어날 가능성이 있다는 이유만으로 우리의 행복을 방해한다.

우리는 두려움을 조장하는 세상에 살고 있습니다. 텔레비전이나 잡지의 상업광고는 지금 우리가 무엇을 갖고 있는지, 남에게 어떻게 보이는지, 성적으로 매력이 있는지 없는지, 그런 문제에 대해 소비자들에게 쉼 없이 묻고 불안감을 자극하곤 합니다. 그리고 불안해진 사람들은 소비로 모든 문제를 해결하려 듭니다.

텔레비전 뉴스를 진행하는 앵커나 아나운서, 기자들 역시 마찬가지입니다. 폭력범죄와 자연재해 그리고 이상기후와 환경위험에 대한 이야기로 겁을 주며 시청자들의 관심을 사로잡으려 들기 때문입니다. 물을 소재로 한번 예를 들어볼까요? "우리가 마시는 물은 과연 안전할까요? 상세한 건 11시 뉴스에서 보도해드리겠습니다." 모든 게 이런 식입니다.

이 세상은 불확실성과 예기치 못한 이변으로 가득 차 있습니다. 따라서 불안감은 어떤 식으로든 정당화되기 십상입니다. 사람들이 지니고 다니는 두려움의 목록이 나날이 길고 다양해질 수밖에 없는 것도 이 때문입니다. 매일 매시간 쏟아져 나오는 정보도 여기에 한몫을 하고 있습니다.

지나친 불안감에 시달리는 사람들은 처음에는 특정한 대상에만 두려움을 느낍니다. 그러다 이것이 발단이 되어 두려움의 대상이 점차 확대되곤 합니다. 두려움이 지나치면 공황으로 진행되기도 합니다. 식품점에 가기 위해 엘리베이터를 타는 것도 두려워하고, 자동차를 타거나 다리를 건너는 것도 무서워하며, 비행기를 타는 것은 엄두조차 내지 못합니다.

이런 증상들은 대개 비합리적인 요인이 그 원인입니다. 문제는 그럼에도 이것들이 실제로 사람을 무기력하게 만든다는 데 있습니다.

어떤 면에서 이런 사람들은 같은 상황에서 두려움을 덜 느끼는 사람들에게 불안을 확산시키는 역할을 하기도 합니다. 2001년 미국에서 발생한 테러리스트 공격에 대한 반응이 그 좋은 예라 할 수 있습니다. 대중의 두려움이 얼마나 심각한 파장을 불러올 수 있는지 아주 잘 보여주었으니까요. 사건 직후 사람들은 주식을 팔았고 비행기를 타지 않았습니다. 결국 항공사들은 파산 지경에 이르렀습니다. 그다음은 탄저

균 공포였습니다. 사람들은 우편물 열어보기를 꺼렸고, 덕분에 방독면이 불티나게 팔려나갔습니다.

2002년 워싱턴 D.C.에서도 이와 비슷한 일이 벌어졌습니다. 3주에 걸쳐 무차별 연쇄저격 살인사건이 일어나자 주민들은 공황상태에 빠진 나머지 생활방식을 아예 바꿔버렸습니다. 학교는 현장학습을 취소하고 아이들을 실내에 잡아두었습니다. 그들이 내린 공통적인 결론은 바로 '만일 한 생명이라도 구할 수 있다면 예방할 가치가 있다.'는 것이었습니다. 이러한 생각을 논리적으로 귀결시켜보면 다시는 집을 떠나지 않는 게 좋다는 결론에 이른다는 사실은 아무도 지적하지 않았습니다.

평화로운 시기에도 각종 범죄에 희생될 위험에 대한 두려움은 곧잘 과장되곤 합니다. 그 결과, 사람들은 가상의 침입자에 대비해 밤낮으로 무장해야 안심하게 되었습니다. 그런데 이상하게도 실제로 우리의 안녕을 위협하는 것들에 대해서는 두려움을 느끼지 못하고 있습니다. 우리가 일상에서 아무 생각 없이 행하는 흡연과 과식, 안전벨트 미착용과 사회에 만연한 불공평을 떠올려보십시오. 더 나아가 우리 손으로 직접 뽑아 공직에 내보낸 사람들의 부정과 부도덕을 생각해보십시오.

이런저런 공포와 불안을 이유로 사람들의 관계는 불신으로 얽혀 있습니다. 우리는 때때로 모두가 운명을 함께하고 있는 공동운명체라는 사실을 망각하곤 합니다. 모두가 함께 잘 살아야하고 또 능히 그럴 수 있다는 공동선의 이념 대신, 마치 다른 사람들을 희생시켜야만 자신이 살아남을 수 있는 것처럼 서로 경쟁하고 으르렁거리는 것입니다. 누군가가 내게 피해를 입힐까 봐, 혹은 자신이 거꾸로 가해자가 되어 고소를 당할까 봐 두려워하면서 살고 있는 것이 오늘의 현실입니다.

다른 사람의 과실로 피해를 본 사람들을 보상해주는 제도를 한번 바꿔보는 건 어떨까요? 정신적인 부분이 아니라 경제적인 손실에 대해서만 보상을 하고, 그럼에도 누군가의 터무니없는 과실에 대한 처벌이 필요하다면 우선 기업 측에 벌금을 받아서 그 돈을 불행한 사람들에게 전달하는 것입니다.

둘러보면 우리 주변에는 어느 누구의 잘못도 아닌 일로 비용을 부담해야 하는 사람들이 헤아릴 수 없이 많습니다. 장애를 지닌 채 세상에 태어난 아이들의 부모와 자연재해나 범죄의 희생자들이 바로 그런 예입니다. 요컨대 피해를 본 개인이나 그의 변호사만 이익을 보게 하니 불행한 이들을 돕는 '불행 기금'에 적립을 하자는 제안입니다. 법정 싸움에서 몇 명의 승자를 부자로 만드는 것보다는 분명 공정하고 보다 사회적인 방법이 아닐까요?

이와 같이 몇몇 제도를 보완하면 우리의 삶에서 불확실성은 한결 줄어들 것입니다. 또한 우리 모두가 위험을 함께하고 있다는 믿음을 보강해 결속력을 높여줄 것입니다. 경제적 손실에 대해서도 보상을 받는 동시에 돈의 액수로 계산하기 어려운 임의의 피해자를 구제한다는 점에서 좀 더 공정한 대안은 아닐까요?

우리는 행복을 위협하는 진짜 원인이 아닌 다른 것을 두려워하는 경향이 있습니다. 위험이 우리 곁이 아니라 멀리 떨어진 다른 나라에 있다고 여기기도 합니다.

이런 이유로 두려움에 사로잡힌 나머지 인류 문제를 군사적으로 해결하려고 덤비는 자가당착에 빠지기도 합니다. 때로는 유일한 도구가 망치밖에 없는 목수처럼 모든 문제를 힘으로 해결하려고 할 때도 있습니다.

두려움은 불쾌한 경험임에는 틀림없습니다. 하지만 적절히만 조절하면 우리 자신을 위험에서 보호하는 경험이기도 합니다. 그러기 위해선 먼저 어떤 위협이 실재하는지 아닌지부터 밝혀내야만 합니다.

이는 정확한 정보와 그것을 유용한 지식으로 정리하는 능력을 요구하는 일이기도 합니다. 만일 정부 같은 정보제공자가 우리를 속이거나 매스컴이 어떤 이해관계로 인해 계속 우리를 겁준다면 어떻게 될까요?

지구 온난화와 같은 실제적인 위험은 무시된 채 가능성이 희박한 위협을 두고 걱정하면서 시간을 낭비하게 될 것이 틀림없습니다. 개인의 생활 역시 그렇습니다. 두려움과 욕망은 동전의 양면과도 같은 것입니다. 하지만 우리는 무언가를 얻고자 하는 긍정적 동기부여에 의해서가 아니라 실패에 대한 두려움에 쫓겨서 행동하는 경향이 있습니다.

물질적인 부에 대한 추구를 예로 들어볼까요? 부에 대한 욕망은 우리의 경제를 움직이는 엔진인 동시에 우리가 평가를 받는 잣대이기도합니다. 하지만 이 노력은 동시에 대부분의 사람들에게는 궁극적으로 의미가 없는 것이기도 합니다. 보다 지속적인 즐거움과 만족을 주는 활동과 사람들로부터 멀어지게 만드는 것이니까요.

임종을 맞이하는 순간 사무실에서 시간을 좀 더 보냈어야 했다고 후회하는 사람은 아마 없을 것입니다. 그렇다면 지금 이 순간 우리는 무엇을 위해 노력해야 할까요?

우리는 대체로 탐욕과 경쟁심에 의해 움직이고 있습니다. 성공한 사업가가 성공담의 모델로 떠오르고 있는 미국만 보아도 알 수 있는 일입니다.

도널드 트럼프가 현대의 대표적인 우상으로 꼽히고 있는 게 현실이니까요. 사업에서의 성공은 종종 다윈의 적자생존 이론을 확인해주는 증거처럼 보일 때가 많습니다. 직업의 귀천이나 사회에 대한 공헌은 돈보다 중요하지 않게 여겨지곤 하지요.

하지만 두려움은 단기적으로 효과가 있을지 몰라도 지속적인 변화에는 도움이 되지 않습니다. 따라서 두려움을 이용해서 어떤 행동을 유발시켜서는 안 됩니다. 행복추구와 자존심을 위한 투쟁보다 더 강력한 욕망은 없다는 사실을 무시하는 것이니까요. 보다 나은 일과 교육, 삶의 개선 기회, 공정한 대우와 같은 것들은 마약에 대한 유혹보다 훨씬 더 강력하게 사람들을 끌어 모으게 마련입니다.

결국 우리가 느끼는 두려움이란 언제 닥칠지 모르는 불행과 종국에 맞이할 필연적인 죽음, 이 두 가지로 요약할 수 있습니다.

만일 영생의 약속을 의미하는 종교적 믿음으로부터 위안과 의미를 취할 수 있다면 두려움은 한결 덜어질 것입니다. 물론 회의론자라 해도 덧없는 인생에 담겨진 즐거움의 순간들을 음미하는 법을 배울 수 있습니다. 그렇게 할 수 있게 해

주는 것은 삶에 대한 부정이 아니라 바로 용기입니다. 미래
에 대한 두려움이나 과거에 대한 미련으로 인해 지금 이 순
간이 주는 기쁨을 놓치지 않아야 합니다.

우리가 행복을 바라지 않는 것처럼 보일 때가 있다.
바로 불필요한 두려움이나 공포에 사로잡힐 때다.
아직 일어나지 않았고 일어난다 해도
우리 삶에는 직접적인 관계도 없을 일 때문에
불안에 떨며 사는 것처럼 안타까운 일은 없다.
배가 뒤집힐까 봐, 엘리베이터가 고장날까 봐, 비행기가 추락할까 봐
꼼짝도 하지 못하는 사람을 보면 얼마나 우습고 안타깝겠는가?
불필요한 두려움과 공포는 마땅히 누려야 할 기쁨과 행복을
앗아가버린다. 이별이 두려워 사랑을 하지 못하고,
실패가 두려워 새로운 일에 도전하지 못하게 만든다.
불필요한 두려움을 극복하려면 우선 그 실체를 정확히 알아야 한다.
제대로 알아야 이길 수도 극복할 수도 있다

자식의 인생을 책임지려 해서는
성공한 부모가 될 수 없다

훌륭한 부모가 되고 싶다면 자식의 인생을 책임지려 해서는 안 된다.
중요한 것은 아이들에게 행복해질 수 있다는
믿음과 용기를 심어주는 일이다.

제 딸이 다녔던 학교의 대학신문 졸업
식 특집호에는 졸업생들의 아기 적 사진과 함께 부모의 짤
막한 글을 싣는 지면이 있었습니다. 졸업생 부모들은 거의가
한결같은 글을 남겼던 걸로 기억합니다. 우리는 네가 자랑스
럽다는 식의 내용이었지요. 자식이 자랑스럽다는 것은 그 글
을 쓰는 순간 부모라면 누구나 느끼는 극히 자연스러운 감정
일 것입니다.

　부모가 자식들을 자랑스럽게 생각하는 마음에는 자신이
부모로서의 역할을 부족함 없이 해냈다는 자부심도 포함되
어 있는 것 같습니다. 공개적인 자기만족 같은 것 말입니다.
아이들이 훌륭하게 성장할 수 있었던 데에는 부모인 자신의
덕도 어느 정도 있다고 자부하는 것이지요.

　제가 이런 이야기를 꺼낸 이유는 상담을 청하는 내담자들
에게서 종종 동전의 이면을 마주할 때가 있기 때문입니다.

공부를 못하든, 불법 약물에 손대든, 범법자가 되든, 아무튼 말썽을 부리는 자식을 둔 부모는 으레 죄의식에 사로잡혀 스스로를 향해 이런 질문을 던지곤 합니다.

'대체 내가 무엇을 잘못했을까?'

그들은 자식들이 삐뚤어진 이유가 부모인 자신의 노력이 부족한 탓이라고 생각하는 것입니다. 자동차 범퍼에 "우리 아이는 지금 약물중독 재활시설에 있어요."라고 적힌 스티커를 자랑스럽게 붙이고 다니는 부모는 없겠지요. 그러나 아이들의 성공이나 실패의 책임이 부모에게 있다고 생각하는 것은 자기도취적인 착각에 지나지 않습니다.

물론 신체적으로나 심리적으로, 또는 성적으로 학대하는 부모는 아이에게 심각하면서도 영구적인 피해를 입힐 수 있습니다. 하지만 아이들을 사랑과 안정으로 보살피고 키우는 의무를 다한 부모라면 아이들이 노력한 결과에 대한 책임을 지지 않아도 됩니다.

아이들이 성공을 하든 못 하든 간에, 그것은 그들 스스로 세상을 살아가는 방식을 결정한 결과이기 때문입니다. 부모는 자신이 중요하다고 생각하는 가치와 행동을 가르치려 하지만, 결국 그것을 선택하느냐 하지 않느냐는 아이들의 몫인 것입니다. 아이들은 집 안에서든 집 밖에서든 부모가 생활하는 방식을 보고 배우게 마련이지만, 그중 어떤 것을 보고 배우는지는 아이들 자신에게 달려 있는 것입니다.

아이들은 대체로 부모를 비롯한 성인들의 위선에 예민하게 반응하게 마련입니다. 이는 미국의 10대들 사이에서 어떤 소설이 인기가 있는지 살펴보더라도 알 수 있습니다. 위선적이고 탐욕스러운 어른들과의 갈등을 다룬 제롬 데이비드 샐린저의 소설인 『호밀밭의 파수꾼』이 발표된 지 수십 년이 지난 요즘에도 인기가 식지 않고 있는 것을 보세요. 따라서 부모의 말과 행동 사이에 커다란 차이나 모순이 있다면 아이들은 금방 눈치를 채고 비웃을 것입니다. 하지만 아이들이 독립적인 인격체로서 부모에게서 보고 배운 것을 자기 것으로 만드는 방식에 대한 궁극적인 책임은 그들 자신에게 있습니다.

아이들은 불안에도 예민하게 반응합니다. 불안은 전염성을 갖고 있고, 아이들은 부모에게서 불안을 감지해낸 바로 그 순간부터 불안해하는 법입니다. 스스로의 감정과 주위 사람들에게서 감지해낸 것을 말로 표현할 줄 모르는 갓난아기 때부터 그렇습니다.

아이를 낳아서 기르는 과정은 대부분의 초보 부모에게는 복잡하기 그지없는데다 불확실성으로 가득 차 있는 일이기도 합니다. 신체적으로 고달프고 특히 잠을 충분히 잘 수 없다는 고통이 있으니까요. 게다가 자신이 아이를 제대로 키우고 있는가에 대한 걱정이 끊이지 않습니다. 주위 사람들이 제공하는 정보와 도움 역시 각양각색일 때가 많습니다. 할아버지와 할머니의 조언이 도움이 될 때도 있지만 아닐 때도 있습니다. 게다가 육아에 대한 수많은 책들은 종종 서로 모순되는 주장을 하고는 합니다. 아이가 울 때 안아줘야 하는가에 대한 오래된 논쟁이 그 좋은 예입니다.

전문가들 사이의 의견 차이를 한번 들어볼까요 ? 이른바 '버릇 들이기'에 관한 해묵은 논쟁에는 다른 분야도 그렇듯 다분히 정략적인 의도가 포함되어 있습니다. 먼저 보수적인 육아법에 의하면 아이들은 본래가 자기중심적인 존재입니다. 따라서 확고한 경계와 벌칙을 통해 '사회화'를 가르칠 필요가 있습니다. 결국 육아는 힘겨루기의 연속으로서 몸과 마음이 더 큰 사람이 이기는 것은 완벽하게 합법적이라는 논리입니다.

육아에 관한 이런 견해와 조언은 주로 아이들에게 바른 예의를 가르치고 아이들이 더욱 온순해지도록 이끄는 데 비중을 두고 있습니다. 요컨대 아이들이 경솔하고 무분별한 행동으로 가족을 혼란스럽게 하지 못하도록 예방하는 방법인 셈입니다. 이러한 관점은, 인간은 원래 선하지 않다는 근본주의적 사고방식에서 비롯된 것입니다. 따라서 "무엇 무엇은 하지 마라."는 식의 엄격한 금지규칙을 정해놓고 어길 때에는 처벌로 강화해야만 이를 억누를 수 있다는 생각입니다.

이 밖에도 수많은 대안들이 있는데 그중에서 가장 낙천적인 육아방식을 택할 수도 있습니다. 부모 자신이 어떤 식으로 키워졌든 아이들에게만은 사랑과 보살핌을 주면 대부분 행복하고 긍정적인 성인으로 자라난다는 생각입니다. 이처럼 덜 엄격하고 느긋한 접근방식은 아이들의 행동을 합리적으로 제한할 수 있다는 장점을 갖고 있습니다. 그 결과 갈등과 충돌, 원망을 덜 불러일으키지요.

부모로서 성공하기 위해서는 무엇보다 자신이 옳다거나 모든 답을 알고 있다는 생각부터 버려야 합니다. 체벌은 두려움과 폭력을 가르치는 주요 원인이므로 절대 아이들을 때려서는 안 됩니다.

제가 오랜 세월에 걸쳐 관찰한 바에 의하면, 어떤 육아방식을 택하든 아이들은 잘 자라날 수 있습니다. 부모가 엄하든 관대하든 그것은 그리 큰 문제가 아닙니다.

보다 중요한 것은 아이들이 부모에게서 사랑과 존중을 받고 있다고 항상 느끼도록 하는 것입니다. 단, 안전과 통제에 대해서는 확실한 경계를 정해야 합니다. 가정불화와 파괴적인 힘겨루기가 빚어지는 이유 대부분은 부모의 과다한 통제 욕구와 아이들이 범죄의 세계로 빠지지 못하게 해야 한다는 걱정에서 비롯됩니다. 음식이나 방 청소 같은 사소한 문제를 두고 지나치게 간섭하면 끊임없는 충돌이 일어날 수밖에 없습니다.

공항 같은 데서 시간을 보내다 보면 역시 부모는 버릇없는 아이들을 그냥 내버려두면 안 되겠다는 생각을 갖게 되기 쉽습니다. 그런데 문제는 부모가 두려움에 근거를 둔 권위로 무작정 밀어붙이는 태도입니다. 중요한 것은 아이들에게 원망과 반항심을 일으키지 않으면서 다른 사람의 권리를 존중하는 마음을 갖도록 하는 것입니다.

삶에서 많은 문제들이 그렇듯 무엇이든 지나치면 위험한 법입니다. 실제로 부모의 통제가 심한 가정에서 자라난 아이들은 오로지 외부의 규칙만을 경험한 탓에 이러저러한 경계를 스스로 내면화하지 못하는 경우가 대부분입니다. 이와 반대로, 또 극단적으로 자기 멋대로 자라난 아이들은 다른 사람들과 조화를 이루면서 살기 위해 필요로 하는 지침들을 배우지 못할 가능성이 큽니다.

부모로서 해야 하는 가장 중요한 과제는 세상은 불안전한 곳이지만 그럼에도 불구하고 행복해질 수 있다는 생각을 아이들이 갖게끔 하는 것입니다. 이는 신체적·정서적으로 건강하게 자라날 수 있도록 단순히 보살피기만 하는 것을 넘어서는 일이지만, 한편으로는 또 부모가 본보기를 보여주는 것만으로 가능한 일이기도 합니다. '백문이 불여일견'이라는 옛말 그대로 백 마디 말보다 행동으로 보여주는 것이 중요하기 때문입니다.

어떤 부모는 자신이 아이들의 미래를 설계하는 데 꼭 필요한 역할을 하고 있노라고 확신한 나머지 제게 이런 질문을 던지곤 합니다.

"우리 아이가 잘되게 하려면 제가 어떻게 해야 할까요?" 하지만 이에 대한 제 대답을 들으면 대부분이 어리둥절해하곤 합니다.

"유감스럽게도 부모님이 하실 일은 별로 없습니다. 아이와 충돌을 줄이고, 아이의 결정에 사사건건 간섭하려고 하지 않으면 가족 모두가 좀 더 행복해질 수 있을 겁니다."

부모가 느끼는 두려움이 어떻게 아이들에게 옮겨 가는지를 잘 보여주는 예가 있습니다. 바로 아이들의 유괴 사건을 둘러싸고 벌어지는 소동입니다.

이 나라에서 낯선 사람에게 유괴를 당하는 아이들은 해마다 2백 명이 되지 않습니다. 하지만 이상하게도 이 문제에 대해서만큼은 거의 날마다 대대적인 홍보활동이 펼쳐집니다.

부모들은 어린이 안전교육 행사가 열리기만 하면 아이 손을 잡고 우르르 몰려가곤 합니다. 그런 곳에 가면 예외 없이 아이들의 지문과 사진을 찍습니다. 아이들이 왜 그러는지 이유를 물으면 부모들은 우물쭈물하다가 "네가 유괴를 당할 경우, 이것을 증거로 너라는 것을 확인하기 위해서"라고 대답하고는 합니다.

이때 부모가 느끼는 두려움을 아이들은 느낄 수 없을 거라고 생각한다면 오산입니다. 매년 이 나라에서 4백여 명의 아이들이 자동차사고로 사망하고 5천여 명이 총기사고로 사망하는 현실을 한번 생각해보십시오. 부모들의 지나친 안전의식은 오히려 아이들을 움츠러들게 하고 생각을 비관적으로 만듭니다.

비관적인 젊은이를 만나는 것보다 더 맥빠지는 일도 아마 없을 겁니다. 젊은 나이임에도 그들은 미래에는 희망이 없다고 단정 짓곤 합니다. 대체 그들이 어디에서 그런 사고방식을 배운 걸까요? 신문이나 잡지를 보고 배우지는 않았을 겁니다.

사실 미래에 대한 비관론을 지지하려 들면 자료는 얼마든지 찾아낼 수 있습니다. 우리의 삶이나 주변을 돌아보면 세상이 절망적으로 돌아가고 있다는 확신을 뒷받침하는 증거를 찾아보는 것은 어렵지 않으니까요.

게다가 나쁜 소식은 원래 좋은 소식보다 빨리 퍼지는 법입니다. 듣다 보면 인간이 얼마나 타락할 수 있는지 가늠조차 되지 않는, 비극적이고 무자비하고 참혹한 이야기가 봇물을 이루는 까닭이기도 합니다. 우리 중 15~20퍼센트는 우울증 환자라는 조사 결과가 있지만, 때로는 우리 모두가 우울증에 걸리지 않았다는 것이 신기하게 느껴질 정도입니다.

그렇다면 대체 이런 세상에서 어떻게 행복해질 수 있을까요? 무엇보다 중요한 비결은 선택적인 관심과 집중입니다. 만일 자신에게 즐거움과 만족을 주는 일들과 사람에게 관심을 쏟는다면 불행으로 가득 찬 이 세상에서 조금은 더 행복해질 수 있을 것입니다.

언제 어디서 일어날지도 모르는 재난에 둘러싸여 있으면서도, 그리고 인생의 덧없음을 몸소 체험하고 있으면서도, 잠깐씩이나마 인생을 즐길 수 있다는 것은 인간의 경탄할 만한 능력인 동시에 진정한 용기의 표현인지도 모릅니다.

다른 사람과 더불어 행복해질 수 있는 능력은 부모가 자녀들에게 몸소 보여줄 수 있는 가장 유익한 본보기입니다. 하

나 더, 유머감각 역시 우리의 삶에서 빼놓을 수 없는 활력소
라는 사실을 잊지 마십시오.

좋은 부모가 되고 싶다면 자식의 문제를 자기 탓인 것처럼
느끼는 자세부터 버려야 한다. 동시에 자식의 모든 문제를
해결할 수 있다는 생각도 바꿔야 한다.
대신 아이들에게 세상이 살 만한 곳이라는 사실을
직접 보여주어야 한다. 이때 가장 중요한 것은
아이들이 부모에게 사랑과 존중을 받고 있음을 느끼도록 하는 것이다.
설령 그렇게 최선을 다해 아이들을 키웠는데도
훌륭하게 자라지 못했다면 그것은 결코 부모의 책임이 아니다.
자식들이 잘못 자란 이유를 부모의 노력 부족 탓이라고
생각해서는 안 된다. 그것은 어디까지나 자녀 스스로가
선택한 결과이기 때문이다.

스물여섯 번째 지혜

과거에 매달려
현재에 만족하지 못하는 것은
인생을 버리는 짓이다

과거의 기억은 곧잘 낭만적인 환상으로 부활한다.
이 기억에 매달리는 사람들의 문제는 현재에 만족하지 못하고
미래를 불안하게 생각한다는 것이다.

지난날을 그리워하고 아름답게 채색하는 일이 잘못된 것은 아닙니다. 하지만 과거의 기억은 오늘을 충실하게 살아가려는 노력에 방해가 되기도 합니다. 과거를 동경하는 사람들은 현재의 상황과 일, 사람을 과거와 비교함으로써 미래를 어둡게 보는 경향이 있습니다.

우리의 기억 속에 있는 과거는 지금보다 물가가 저렴했고, 끔찍한 범죄도 거의 없었으며, 사람들은 친절했고, 인간관계는 지속적이었습니다. 가족들은 화목했고, 아이들은 공손했으며, 음악은 아름다웠습니다.

대공황을 겪은 제 부모님 두 분만 해도 그렇습니다. 은행이 갑자기 문을 닫는 바람에 저축한 돈을 모두 날려 1930년대 내내 간신히 입에 풀칠을 하며 어렵게 살았던 분들입니다. 하지만 그분들은 훗날 그런 경험에조차 낭만적인 색을 입혀 그 시절에는 이웃들이 서로 도와가면서 함께 역경을 견뎠다는 식으로 회상하곤 했습니다. 그에 비하면 요즘 사람들이 너무 이기적이라고 말하면서요.

사실 세상은 옛날이나 지금이나 크게 다를 것이 없습니다. 옛날에도 지금처럼 전쟁과 학살이 자행됐으니까요. 아이들은 다반사로 전염병에 걸려 죽어갔습니다. 범죄와 가난 역시 만연했습니다. 한마디로, 그 어떤 역사나 그 어떤 시기도 특별히 고결하지는 않습니다.

그런데도 사람들은 자꾸 과거를 돌아보며 현실에 대한 환멸을 느끼고는 합니다. 젊은 시절의 왕성한 패기를 다시금 갈구하고 현재의 자신을 초라하게 느끼는 것입니다.

그들은 첫사랑의 숨막힐 듯한 도취에 취하고 실수로 빚어진 문제를 후회합니다. 걷지 않은 길들에 대한 미련도 새로이 생겨나고 불완전한 현실에 짓눌리는 몸과 마음을 점점 견디기 힘들어합니다. 젊은 시절에 대한 선택적 기억은 이렇듯 과거에 대한 향수에 사로잡히게 만들 뿐입니다.

몇 년 전, 저는 한 동료의 장례식에 간 적이 있습니다. 그는 다정다감한 사람인 동시에 훌륭한 의사였습니다. 그런데 누군가가 추모사에서 그가 생전에 보여준 훌륭한 유머감각에 대해 얘기하는 것이었습니다. 결국 저는 옆에 앉은 친구를 돌아보며 이렇게 물을 수밖에 없었습니다.

"존에게 정말 그런 유머감각이 있었나?"

그를 알고 지내는 동안 그런 생각을 해본 적이 전혀 없었기 때문입니다. 유머감각이 죽은 병사를 위한 훈장처럼 사후에 주어질 수 있는 것인지 의아하기조차 했습니다.

이 일뿐만이 아니라도, 저는 생전에 잘 알고 지내던 사람의 장례식에 갈 때면 늘 사람들이 고인에 대해 하는 말들에 놀라고는 합니다. 명복을 비는 뜻에서라곤 하지만 사람들은 고인의 불완전한 인간성은 깨끗이 무시해버리는 경향이 있습니다. 그리고 이상적인 묘사를 동원해 고인의 삶 일부를 지워버리는 것입니다.

누군가의 불완전함까지 사랑하기 위해서는 있는 그대로의 그를 인정하고 용서할 수 있어야 하는 게 아닐까요? 이는 때로 정서적인 성숙을 보여주는 중요한 지표이기도 합니다. 우리가 다른 사람을 인정하고 용서할 수 있다면 우리 자신도 인정하고 용서할 수 있게 되는 법입니다.

* * *

우리는 인간이기에 잘못을 저지를 수도 있고 흔들릴 수도 있습니다. 우리가 풀어가야 할 과제는 우리 자신과 다른 사람들의 삶에서 '완벽'을 추구하는 것이 아닙니다. 이 불완전한 세상 속에서 행복해지는 방법을 찾는 것이 바로 우리의 과제입니다. 하지만 과거의 환상에 매달려 현재에 만족하지 못한다면 이러한 노력에 금이 갈 수밖에 없습니다.

많은 사람들의 생각과는 달리 기억은 과거를 있는 그대로 되살려내지 못합니다. 우리의 기억은 과거에 대한 왜곡과 아쉬움, 채워지지 않은 꿈들로 가득하기 때문입니다.

고등학교나 대학교 동창회에 가본 사람이라면 친구들의 기억이 얼마나 제각각이고 선택적인지 놀란 경험이 있을 겁니다. 같은 사건을 어쩌면 저마다 그렇게 다른 빛깔로 기억하고 있는지! 그 이유는 같은 사건에 대한 기억과 그 기억의 의미가 사람들마다 다르기 때문입니다.

뿐만 아니라 누구나 자신의 현재와 과거, 그리고 원하는 미래에 맞게 기억을 각색하게 마련입니다. 심지어는 형제들끼리도 어린 시절에 대한 기억이 서로 다른 것을 알고 놀라기도 합니다. 같은 집, 같은 부모 밑에서 성장한 사람들조차 지난 일들을 제각각 다른 빛깔과 모습으로 기억하는 것입니다. 한 사람은 학대를 받았다고 기억하는데, 또 한 사람은 그런 일이 없었다고 부정하는 식으로요.

이렇게 서로 다른 기억으로 인해 때로는 실망과 원망이 쌓이기도 합니다. 이런 현상은 사람들마다 현재의 자신을 바라보는 시각이 다른데다 현재에 이르게 된 과정 또한 제각각 다르게 해석했기 때문입니다. 또 우리는 스스로 믿고 있는 신화를 결코 바꾸는 법이 없기도 하고요. 엄격했거나 학대를 했던 아버지, 간섭이 심했던 어머니, 부부싸움과 가정불화……. 우리는 대체로 어린 시절의 경험에 의해 운명이 결정된다고 믿고 있습니다.

이와는 대조적인 경우도 있습니다. 〈비버에게 맡겨라Leave It to Beaver〉라는 제목의 방송 프로그램에는 이상적인 어린 시절에 대해 이야기하는 출연진이 자주 등장합니다. 과거를 회상하는 그들의 기억 속에는 부부 간이나 부모와 자식 간의 갈등 같은 건 없습니다. 거기 나오는 가족은 모두가 서로를 아끼고 보살필 따름입니다. 물론 이런 이야기를 늘 어놓는 사람에게 제가 직업적으로 의심하는 태도를 보이면 그들은 마치 누가 자신의 귀중품을 빼앗기라도 한 것처럼 펄쩍 뛰곤 합니다.

우리는 어떤 사람과의 관계가 불행하게 끝나면 불안감이나 불신 때문에 다른 사람을 만날 용기를 내지 못하는 경우가 많습니다. '떠난 사람'에 대한 기억이 가슴을 아프게 만든 탓입니다. 또 우리는 더 이상 만날 수 없는 부모나 첫사

랑, 친구를 그리움이나 후회로 떠올리면서 그 이후로 만나
게 된 다른 사람과 곧잘 비교하곤 합니다.

하지만 장례식의 추모사처럼 그들을 완벽한 사람으로 회
상하는 것은 선택적 기억의 결과에 지나지 않습니다. 더 이
상 접촉에 의해 시험받지 않는 그들은 현실에서 만나는 사
람들이 경쟁할 수 없는 어지러운 꿈속에 존재할 뿐입니다.

과거에 머무르는 일의 문제점은 흘러간 천국에 대한 향수
가 현재의 즐거움과 의미를 찾는 일을 방해한다는 것입니
다. 또한 소위 '황금 시절'을 겪어본 적 없는 주변 사람들에
게 세상이 갈수록 거칠어지고 점점 더 나빠진다는 메시지를
주는 경우도 많습니다. 기력이 떨어져 다른 사람의 친절과
관심을 어느 때보다 필요로 하는 처지에 젊은이들에게 잘못
된 메시지를 주는 것입니다. 젊은이들은 종종 그런 노인을
경멸과 보살펴야 한다는 의무감과 두려움이 뒤섞인 착잡한
심경으로 바라보며 스스로에게 이렇게 묻곤 합니다.

'이것이 미래의 내 모습일까? 나도 늙으면 여기저기 아프
다고 불평이나 늘어놓으면서, 과거에 좋았던 시절을 끊임없
이 되새기면서 살게 될까?'

'우리에게 좋은 소식은 수명이 늘어나고 있다는 것이다.
또한 나쁜 소식은 말년이 더 길어졌다는 것이다.'라는 말도

있는 것처럼, 노년과 함께 찾아오는 우울증을 경험해보지 않고 죽음과 타협하는 것은 어려운 일입니다.

당신은 과거에 알던 사람을 우연히 만나 기억을 확인해본 경험이 있습니까? 우리의 생각처럼 세월과 함께 사람만 변하는 것은 아닙니다. 어린 시절에 살던 집을 다시 가본 적이 있는 사람이라면 기억 속의 옛집이 얼마나 작은지 알고는 놀란 경험이 있을 겁니다. 물론 변한 것은 우리 자신이지만 말입니다.

러셀 베이커Russel Baker는 자신의 청소년 시절을 회상하는 자서전 『성장Growing Up』을 써서 출판사에 보여주었다가 퇴짜를 맞았습니다. 재미가 없다는 게 그 이유였습니다. 그는 그 길로 집에 돌아와 아내에게 이렇게 말했다고 합니다.

"이제부터 내 인생 이야기를 재미있게 꾸며봐야겠어."

그 결과 그 원고는 분명 처음처럼 실화를 쓴 것임에도 불구하고 베스트셀러가 되었습니다. 우리는 우리의 과거를 비슷한 범위 안에서 새롭게 해석할 수가 있는 것입니다.

우리에게는 자신의 인생 이야기 속에 들어 있는 인물들을 이상화하거나 깎아내릴 권리가 있습니다. 이상화하든 깎아내리든, 현재를 바라보는 우리의 시각이 양쪽 모두에 반영되는 게 사실입니다.

사람은 누구나 자신의 과거를 행복하거나 불행한 빛깔로 덧칠할 수 있습니다. 우리가 과거를 또렷하게 볼 수 없다는 이유로 낭만적인 기억에 매달리는 것은 오늘의 행복에 방해가 된다는 사실을 분명히 인식해야 합니다.

장년기에 들어서면 인생의 목표나 완전한 행복을 달성할 가능성이 점점 줄어듭니다. 이럴 때 우리는 자신의 삶을 있는 그대로 인정하고 즐기며 최선을 다할 수도 있고, 모든 것이 가능하게 보였던 시절, 무모하지만 자신감에 넘쳤던 단순한 시절을 그리워하며 보낼 수도 있습니다. 우리는 시간과 기회가 점점 줄어드는 것을 의식하면서도 바로 이 천진난만한 낙천주의를 다시 찾고자 하는 것인지도 모릅니다.

사람들은 가지 않은 길에 미련을 품고, 특히 완벽한 사랑의 기회를 놓쳤던 것을 아쉬워합니다. 나이가 들면 몸이 말을 듣지 않고, 편견과 고정관념도 늘어납니다. 이렇게 안쓰러운 상황에 놓이고 나면 자연스레 젊은 시절의 꿈들을 돌아보게 됩니다. 불투명한 미래를 압도하고도 남을 만큼 무한한 가능성으로 가득 차 있던 그 시절을 말입니다. 누구나 다시 그런 날로 돌아가고 싶어 하지만 불행히도 이런 기억은 현재에 대한 저주가 될 수도 있습니다.

그렇다면 대체 어떻게 해야 삶이 저물어가는 마당에 희망을 회복할 수 있을까요?

어떤 사람들은 영생을 약속하는 종교에 눈을 돌리고는 합니다. 종교는 죽음으로 인해 우리와 갈라진 사람들과의 재회를 기대하게 만들어주니까요. 아니면 불가지론을 인정하는 것도 나쁘지 않을 것입니다. 불가지론은 우리 자신을 미지의 세계에 맡긴 채 삶과 죽음, 꿈과 절망, 절실한 기도 속에서 어떤 의미를 추구하게 해줍니다.

지나간 시간들을 기억하는 일 자체에는 문제가 없다.
문제는 과거의 달콤한 기억에 매달려
현실의 삶을 있는 그대로 받아들이지 못한다는 것이다.
하지만 과거의 아름다운 기억이 있다고 해서
그것을 현재에 고스란히 되살려낼 수는 없고,
또 그때의 기억으로 다시 돌아갈 수도 없다.
오늘의 행복을 위해서, 그리고 진정한 삶의 의미를 위해서는
과거의 천국에서 하루 속히 벗어나야 한다.
현재의 삶이 다소 불만족스럽더라도
있는 그대로 받아들여 즐기는 것이 인생을 사는 현명한 태도다.

스물일곱 번째 지혜

인생의 마지막 의무는
아름다운 노년을 준비하는 것이다

외로운 노년을 자식에게 기대려고 해서는 안 된다.
노년의 상실감을 견디는 품위 있는 방법을 찾는 것이야말로
우리가 마지막으로 용감해질 수 있는 기회다.

노인이 된다는 건 어떤 걸까요? 우리는 이따금 순하게 늙어가면 좋겠다는 게 평생 소원인 사람을 봅니다. 순하게 늙는다는 것은 자연스럽게 신의 섭리를 받아들인다는 것이겠지요. 생로병사 중 그나마 인간의 마음가짐에 따라 모습이 많이 달라지는 게 늙는 것, 즉 '로(老)'가 아닐까 합니다.

많은 사람들은 젊은 시절 고생하면 노인이 되어 뭔가를 누리리라 생각합니다. 그런 기대를 갖고 기꺼이 빛나는 젊은 시절을 희생하는 것이지요. 실제로 그 덕에 삶의 여유와 안정적인 생활을 누리는 이도 있습니다.

그러나 엄밀히 생각해보면 그것은 참으로 초라하기 짝이 없는 보상에 불과합니다. 그렇게 된다 한들, 이미 노인이라는 이유로 인간으로서의 가치는 형편없이 평가절하되어 있을 것이기 때문입니다.

적잖은 사람들이 노인은 그저 순하게 죽을 날이나 기다리며 살면 좋겠다는 생각을 합니다. 그래서 별다른 고민 없이 노인들을 전용시설에 격리시키는 것에 찬성하고, 이에 부합하는 정책을 펼치는 정치인에게 지지의사를 표명합니다. 그야말로 사회가 집단으로 노인들을 격리시키는 행위를 저지르고 있는 셈이지요. 노인들 역시 자진해서 이러한 차별을 수용하며 스스로의 존엄과 가치를 깎아내리고 있습니다.

이를테면 노인들이 운전하는 걸 보면 누구나 우려를 합니다. 혹시 갑작스런 사고를 내지나 않을까, 그래서 그 피해를 엉뚱한 사람이 뒤집어쓰지나 않을까 걱정하는 것입니다. 기업에서는 정년이라는 제도를 두어 일할 수 있는 나이를 엄격하게 제한해두었습니다. 심지어는 임금피크제를 도입해 나이 먹은 사람들의 경륜이나 능력을 깡그리 무시하기도 합니다.

우리 사회는 암묵적으로 노인들에게 테러를 가하고 있습니다. 노인은 우리 사회에서 질시가 아니라 천대를 받는 처지입니다. 이 때문에 사람들은 늙는 것을 두려워합니다. 어떻게 하면 남보다, 혹은 나이보다 젊어 보일까 고민하며 많은 돈을 투자합니다.

노화방지에 쓰이는 돈의 액수는 가히 천문학적인 숫자라

고 합니다. 통계에 따르면 그 비용은 교육, 고속도로 보수, 국방 같은 국가 기간산업에 드는 비용 다음으로 높습니다. 열풍처럼 불어닥친 성형수술, 보톡스 주사, 주름살 제거, 탈모 치료 등은 사람들이 노화에 대해 가지는 두려움이 얼마나 깊고 대단한지를 보여주고 있습니다.

우리는 노화를 죽음의 전조로 받아들입니다. 이는 인간이 극복하지 못한 과제이며 고민거리입니다. 따라서 노년과 노화에 대해서 많은 사람들은 알레르기 반응을 일으킵니다. 치유될 수 없는 불치병 같은 것이니까요.

그렇다면 노인들은 자신들이 사회에서 과소평가되고 밀려나는 것에 어떻게 반응할까요? 당연히 화가 날 수밖에 없을 겁니다. 나이 먹는 것도 서러운데, 성적 매력의 상실, 노쇠, 오랜 친구들의 죽음, 기억력 감퇴 등을 온몸으로 감당해야 하는 현실을 쉽게 받아들일 수 있을까요? 절대 그럴 수 없습니다. 아무 할 일도 없이 노인정이나 공원을 어슬렁거려야하는 것, 그저 죽을 날만 기다리며 하루하루를 견디는 것만으로도 그들의 삶은 힘겹습니다. 그러다 보니 자연스럽게 불만이 쌓일 수밖에 없고, 그래서 입만 열었다 하면 불평이 쏟아져 나오는 것입니다.

요즘에는 세대마다 특별한 역할이 주어져 있는 듯 보입

니다. 예를 들어 과속, 소란 피우기, 비속어로 다른 사람들을 화나게 만드는 일 따위는 10대들의 역할이죠. 반면에 노인들은 굼뜬 동작과 온갖 질환으로 젊은 사람들을 성가시게 하기 위한 존재처럼 보이고요.

늙으면 어린아이가 된다는 말이 있습니다. 노인들은 죽음을 준비해야 하는 마당에 아이처럼 유치해지고 돌봐주어야 할 상태가 되어 주위 사람들에게 실망감을 안겨주지요. 다만 그처럼 어려지는 과정은 세상을 살면서 무엇을 배웠는지에 따라 사람마다 달라질 수 있습니다.

늙는 것이 두려운 이유는 먼저 세상을 떠난 사람들이 훌륭한 모범을 보이지 못했기 때문입니다. 제가 만난 사람들은 대부분 노인을 짐으로 여겼습니다. 앞선 세대에게 지혜와 인생의 경륜을 배울 수 있다는 생각은 전혀 하지 않았습니다. 노인은 그저 자기중심적으로 불평만 쏟아내는 귀찮은 존재라고 생각했습니다. 늙은 부모를 모시고 있는 중년들은 의무감 때문에 어쩔 수 없이 모시긴 하지만 정말 괴롭고 힘이 든다며 어려움을 토로했습니다.

상황이 이쯤 되면 어떤 말도 쉽게 꺼낼 수가 없습니다. 하지만 저는 조심스럽게 노인들의 우울에 대해 이야기합니다. 그들이 얼마나 끔찍한 고통을 받고 있는지, 젊었을 때는 세상을 쥐락펴락하다가 어느 날 자신을 돌아보니 늙은이가 되어 찬밥 신세로 전락해 있는 상황을 받아들이는 것이 쉽겠냐고, 그러니 노인들이 혹독한 병을 앓는 게 당연하지 않겠느냐고 말합니다. 그럼 그들은 놀라 펄쩍 뜁니다.

"말도 안 돼요! 날 얼마나 구박했는데. 사사건건 제가 하는 일에 못마땅해했던 분들이에요. 그런 분들이…… 에이, 이해할 수 없어요!"

하긴, 정신이 멀쩡한 부모도 귀찮은 판국인데 그들에게 늙을수록 우울증에 걸리기 쉽다는 말을 받아들이라고 강요하는 것은 무리일지 모릅니다.

하지만 노인이 될수록 우울증에 걸리기 쉽다는 건 엄연한 사실입니다. 누구든 우울증에 걸리면 자기중심적이 되어 화를 잘 내고 함께 있는 사람들을 불편하게 만듭니다. 이러한 우울증은 주위 사람들의 따뜻한 관심과 배려가 없는 한 결코 나아지지 않습니다. 그런데 주위 사람들로부터 소외를 당하는 노인들이 적절한 치료나 보호, 지속적인 관심과 배려를 받기란 쉬운 일이 아닙니다.

따라서 노인들은 끝없이 불평을 늘어놓게 됩니다. 젊은이는 불만투성이의 노인들을 마지못해 의무감으로, 그러나 가능하면 직접 부딪히지 않으려고 애쓰며 지내게 되고요. 결국 악순환이 되풀이되는 것입니다.

사실 나이에 따른 사회적 계층화는 교육, 재산에 따른 계층화보다 훨씬 뚜렷하게 나타납니다. 그래서 노인들은 몸을 움직일 수 있을 때 자신이 살 둥지를 찾아 떠나게 되지요. 텃밭이 달린 시골이나 실버타운, 혹은 맞벌이를 하는 자식의 집으로 옮겨 가서 삽니다.

이처럼 자발적으로 자신을 격리시킨 결과, 그들은 점점 더 사람이나 사회로부터 멀어지게 됩니다. 일 년에 한두 번 찾아오는 자식들의 의무적인 방문을 받으면서 외롭게 늙어가는 겁니다. 자연스럽게 치매가 찾아와 노화를 가속시키기도 하고요.

노인들의 불편은 자식들에게 커다란 짐이 되어 돌이킬 수 없는 관계로까지 치닫기도 합니다. 도시에 사는 많은 사람들은 부모로부터 걸려오는 전화를 두려워하고 있습니다.

그들은 "어떻게 지내세요?"라고 안부를 묻기가 겁이 난다고 고백합니다. 그럴 겁니다. 노환은 완치가 불가능하고 점점 나빠질 수밖에 없고, 노인들은 끊임없이 아프다는 소리를 하며 하소연을 하니까요. 아무리 효자라 해도 다리가 아프다느니 배변이 어렵다느니 하면서 구시렁거리는 소리를 듣고 싶어 하지는 않을 것입니다.

저는 자식이 부모의 은혜에 보답해야 할 의무가 있다고는 생각하지 않습니다. 부모의 기대에 맞춰서 살아야 한다거나, 세월의 허망함을 한탄하는 부모들의 하소연에 언제까지나 귀를 기울여야 한다고 생각하지도 않습니다. 저는 노인들이 사랑하는 가족들에게 폐를 끼치지 말고, 노년의 상실감을 이겨내는 방법을 찾아 품위와 의지를 보여야 한다고 생각하는 쪽입니다.

자녀들에게 낙관적인 인생관을 심어주는 것은 부모가 해야 하는 필생의 의무라고 생각하기 때문입니다. 부모에게 주어진 다른 의무들도 있지만, 예측할 수 없는 인생의 우여곡절 속에서도 행복해질 수 있다는 믿음이야말로 우리가 다음 세대에 물려줄 수 있는 가장 큰 선물이 아닐까요? 부모는 아이들에게 가르치고 싶어 하는 모든 가치들, 이를테면 정직과 책임감, 동정심, 존경, 노력 등과 함께 희망이 갖는 중요한 의미를 보여주는 귀감이 되어야 합니다.

많은 노인들이 외롭다고 이야기합니다. 가게 점원에게 무시당하고, 대중들을 상대로 노인들의 권익을 대변할 만한 스타 모델도 찾아보기 어렵고, 가족들의 방문과 안부 전화는 그저 의무적인 행사가 된 지 오래고, 사회적으로는 아무 쓸모도 없는 존재로 취급받습니다. 그리고 아무도 자신들의 말에 귀 기울이려고 하지 않습니다. 노인들이 젊은이들을 붙잡고 장황하고 지루한 대화를 계속하는 것은 자괴감과 소외감에 대한 일종의 보복이기도 합니다.

가끔씩 노인들은 "너희도 늙어봐라." 하고 으름장을 놓습니다. 그 말이야말로 젊은이 위주의 사회에서 노인이 느끼는 난감한 심정에 대한 솔직한 표현일 것입니다. 아마 우리가 세상에서 부여받는 마지막 의무는 자기연민에 빠지지 않고 의연하게 노년의 신체적·정신적 변화를 참고 견디는 일이 될지도 모릅니다.

과연 우리는 세월 앞에 속수무책으로 허물어지면서도 희망을 가질 수 있을까요? 용기라는 덕목이 젊은이들에게 똑같이 분배되지 않는 것처럼, 모든 노인들에게 그런 의연한 모습을 기대할 수는 없습니다.

하지만 우리는 그런 의연함이 있는 노인을 존경합니다. 당면한 죽음을 초연하게 받아들이는 것이야말로 우리가 마지막으로 용감해질 수 있는 기회이니까요.

우리는 종종 인생의 막이 내려질 때조차 훌륭한 유머감각과 다른 사람들에 대한 배려를 잊지 않는 노인을 보고 찬사를 보냅니다. 그들은 다음 세대에게 귀감이 되어 인생이란 무대에서 내려갈 때 더없는 박수갈채를 받는 것입니다. 저는

자식을 가진 부모라면 그렇게 살아야 한다고 생각합니다. 그
것은 자손에 대한 부모의 마지막 의무이며, 우리가 오랫동안
누려온 삶의 선물에 대한 고마움의 표현이니까요.

젊은 세대 위주로 흘러가는 시대에
노인은 상대적으로 푸대접을 받는다.
젊은이들은 노인들이 쌓아온 경험과 능력을 무시하고
그들이 얻은 지혜도 부정한다. 그렇다고 해서 젊은이들을
원망만 할 수는 없다. 그런다고 달라지는 것은 없기 때문이다.
당신이 아직 노년에 이르지 않았다면,
노년에 이르러 초라해지지 않고 당당해지기 위한 준비를 시작하라.
이미 노년에 이른 사람이라면, 자신의 존재 의미는
스스로 찾아야 한다는 점을 진지하게 생각해보라.

어떠한 상황에서든 웃는 것이야말로
인간이 가진 최고의 능력이다

온갖 부조리와 절망 속에서도 희망을 발견하고 사랑하며 살아가는 것,
어떤 상황에서도 웃을 수 있는 용기를 발휘하는 것이야말로
인간의 가장 위대한 능력이다.

'상반된 감정'이라는 표현도 있고 '희비(喜悲) 쌍곡선'이라는 표현도 있습니다. 하지만 사실 슬픔과 즐거움을 동시에 느낀다는 것은 드문 일이고, 어려운 일이기도 합니다.

살다 보면 기쁠 때도 있고 슬플 때도 있습니다. 문제는 슬픈 상태가 비정상적으로 오랫동안 지속될 때입니다.

어떤 사람이 우울증에 걸렸는지 알아보려면 마지막으로 크게 웃은 적이 언제였는지 물어보면 됩니다. 가족에게 그 사람이 즐거워하는 모습을 마지막으로 보았던 때가 언제냐고 묻는 게 좀 더 정확합니다. 저는 내담자의 가족들에게서 몇 달 혹은 몇 년이라는 대답을 흔히 듣곤 합니다.

인생에서 웃음이 뭐 그리 대수냐 싶겠지요. 유머를 행복한 삶을 위한 중요한 요소와 지침으로 생각하지 않는 사람들도 꽤 많습니다. 진지하게 살아야 할 삶에서의 하찮은 기분전

환 정도로 취급하는 거죠.

그런데 우울해하는 사람에게 유머감각을 갖고 있는지 아닌지 물어보면 거의 하나같이 갖고 있다고 대답하곤 합니다. 사람들 대부분이 사실과는 달리 자신은 훌륭한 운전자라고 말하는 것과 같은 이치죠. 유난히 침울해 보이는데도 자신에게 유머감각이 있다고 주장하는 사람도 있습니다. 그럴 때 저는 그 사람에게 농담을 한번 해보라고 하곤 합니다.

물론 이것이 부당한 요구라는 것은 잘 알고 있습니다. 사람들을 즐겁게 해주는 것에 관심을 갖고 우스갯소리를 하는 능력은 상황에 따라 달라지기 때문입니다. 이런 까닭에 저를 찾은 사람들은 대체로 당황하곤 합니다. 그러면 저는 인터넷에 올라와 있는 '세상에서 가장 웃기는 이야기' 같은 걸 들려주곤 합니다. 그중 한 가지를 소개해볼까요?

뉴저지에서 사냥꾼 두 사람이 숲 속을 걷고 있었다. 그런데 갑자기 한 사람이 넘어지더니 숨을 쉬지 않았다. 다른 한 사람이 휴대폰을 꺼내 119에 전화를 했다.

"친구가 죽었습니다!"

그러자 수화기 저편에서 이렇게 말했다.

"침착하십시오. 제가 시키는 대로 하세요. 먼저 친구가 정말 죽었는지부터 확인해야 합니다." 잠깐 침묵이 흐른 끝에 총소리가 들렸다. 남자가 다시 전화기에 대고 말했다. "지금 확인했습니다. 이젠 어떻게 해야 하죠?"

이 농담을 들은 사람들은 다양한 반응을 보여줍니다. 대부분의 사람들은 웃는 것에 익숙하지 않은 탓에 유머의 본질인 황당함을 좀처럼 받아들이지 못합니다. 또 어떤 사람들은 심리치료사가 농담을 던지는 상황에 준비가 되어 있지 않은 탓에 매우 모호한 표정을 짓곤 합니다. 때로 저는 구제불능으로 유머감각을 상실한 것처럼 보이는 사람들에게 이렇게 주문하곤 합니다. 다음번에 다시 만날 때에는 웃기는 이야기를 하나 준비해 오라고 숙제를 내주는 거지요.

심리치료를 필요로 하는 사람에게는 웃는다는 것 자체가 하찮게 여겨질 수도 있습니다. 절망과 불안의 무게에 짓눌려 있는 탓입니다. 하지만 웃음은 사람과 동물을 구분하는 두 가지 특성 중 하나입니다.

웃음 외에 다른 한 가지 특성은 우리 자신의 죽음을 관조하는 능력입니다. 이 두 가지 특성이 어우러져 인생의 위대한 역설을 만들어내는 겁니다. 즉 우리는 누구나 죽음 앞에서도 행복해질 수 있는 것이지요. 우리가 죽음 앞에서 행복해질 수 있다는 것이 죽음을 부정한다는 얘기는 아닙니다. 오히려 죽음을 인정하고 기꺼이 받아들임으로써 행복해질 수 있기에 위대한 역설이라고 하는 것입니다.

모든 유머는 어떤 식으로든 인간 조건에 대해 생각하게 만듭니다. 우리의 웃음은 시간의 횡포를 모면하려는 노력이 궁극적으로 헛되다는 사실을 인정하는 것입니다. 농담 속 사냥꾼처럼 우리는 통제할 수 없는 힘(어리석음까지 포함해서)의 손아귀에 있지만, 그럼에도 불구하고 포기하지 않는 것이죠.

슬픔과 부조리를 겪고 때로는 좌절하며 살아가는 동안 우리는 어떻게 여전히 계속 살아갈 이유를 발견하는 것일까요? 그건 바로 사랑하고 웃을 수 있는 능력이 용기 있는 행동을 뒷받침해주기 때문입니다.

우리가 존재에 대한 질문 앞에서 느낄 수밖에 없는 불확실성을 참고 견디려면 무엇보다 지금 이 순간을 즐길 줄 아는 능력을 키워야만 합니다. 이런 의미에서 모든 유머는 죽음을 앞에 두고 웃는 '블랙 유머'라 할 수도 있습니다.

웃음에 놀라운 치유력이 있다는 증거는 동서고금을 막론하고 어디서나 찾아볼 수 있습니다. 교원병(혈관의 결합조직에 팽화나 괴사가 발견되는 모든 질환을 일컫는 말—옮긴이)이라는 난치병을 앓았던 기자 노먼 커즌스Norman Cousins는 코미디 영화를 보며 마음껏 웃은 다음 실컷 자는 자가요법으로 완치의 기쁨을 맛보았다고 합니다.

우리에게 일어나는 괴로운 일을 어떻게 느끼고 받아들이나에 따라 회복력이 달라진다고 주장하는 이론들은 모두 웃음을 그 핵심에 둡니다. 현대의학이 등장하기 전에는 다양한 신앙 요법사들이 환자들의 마음을 움직여 질병을 물리쳤습니다. 물론 그들이 사용한 방법에 효과가 있다는 것은 의문의 여지가 없습니다. 이는 해마다 백만 명이 넘는 세계 각국의 신자들이 여전히 루르드(프랑스의 소도시로, 신통한 효험이 있는 성수가 나오는 마사비엘의 동굴이 있다―옮긴이)로 모여들고 있는 것만 봐도 알 수 있는 일입니다. 지금으로부터 약 150년 전 성모마리아가 발현했다는 프랑스의 가톨릭 성지를 찾는 이들은 아마 서로에게 믿음의 힘을 증명해줄 증인이 될 것입니다. 수많은 병자들을 고쳐주었다는 기적수가 솟아 나오는 동굴 밖에는 목발과 휠체어의 행렬이 멈추는 법이 없으니까요.

물론 기적에도 범위는 있습니다. 동굴을 찾는 사람 중에 인조 팔다리를 갖고 오는 사람은 없다는 것만 봐도 알 수 있습니다. 기적이란 어쩌면 고통받는 사람들의 믿음이 치유를 가속화하는 현상인지도 모릅니다. 그럼에도 그 결과는 충분히 기적적입니다.

유머는 사람과 사람 사이에 이루어지는 일종의 '함께 나누기'입니다. 웃음을 나누는 것은 우리가 모두 같은 구명보트에 타고 있다는 것을 확인하는 방법이기도 합니다. 집채만한 파도가 야수처럼 으르렁거리는데 구조될 가능성은 불확실하고 배는 뜻대로 움직이지 않는다고 상상해봅시다. 그래도 우리는 항해해야만 합니다. 같은 배에 탄 채로 말입니다.

저는 최근 아내의 손에 이끌려 온 한 내담자를 만났습니다.

"남편이 더 이상 웃지를 않아요."

아내가 불평을 늘어놓자 남편은 순순히 인정했습니다.

"저는 유머감각을 잃어버렸어요."

상담을 하다가 그 부부는 여행을 다녀온 이야기를 들려주었습니다. 그런데 부인이 여행 도중 지갑과 신용카드를 잃어버렸다는 말을 하기에 제 경험담을 꺼냈습니다.

"제 아내도 그런 적이 있습니다. 신용카드를 도둑맞았죠. 하지만 저는 신고를 하지 않았습니다. 도둑이 아내보다 돈을 덜 쓰거든요."

제 말에 남자는 웃었습니다. 하지만 이 이야기를 아내에게 했더니 아내는 웃지 않더군요.

대체로 염세주의자는 자기의 건강에 대하여 필요 이상으로 염려하는 사람처럼 생각하는 대로 되게 마련입니다. 아무도 그 구렁텅이에서 온전하게 나오지 못합니다. 만일 상대방을 의심하거나 적대시한다면 결국에는 예상했던 결과를 얻게 됩니다. 습관적 염세주의는 절망과 사촌지간입니다.

우리는 평소 처음 만나는 사람에게 미소를 지어 보이곤 합니다. 그럴 때마다 우리는 그 사람에게 친절 이상의 것을 전달하는 것입니다. 웃음은 '훌륭한 유머감각'의 표시이고, 우리의 인간성 안에 자리 잡고 있는 장난기도 보여줍니다. 그렇습니다. 세상에 실망할 수는 있지만 그렇다고 해서 심각하게 살 필요는 없는 것입니다.

세상에는 두 부류의 사람이 있다.
유머감각이 풍부한 사람과 유머감각이라곤 없는 사람.
어느 부류의 사람이 더 행복한지는 묻지 않아도 알 수 있을 것이다.
잘 웃지 않고 매사에 심각한 사람들은 이 암담한 현실과
미래 속에서 어떻게 웃을 수 있냐고 말할지도 모른다.
하지만 그래서 우리에게는 더욱 유머감각이 필요하다.
웃음과 유머감각은 고통과 불행에서 벗어날 수 있게 해주는
강력한 치료제다. 그것도 마음만 먹으면 얼마든지 공짜로 얻을 수 있는.

시련에 대처하는 방식이
삶의 모습을 결정한다

우리는 대부분의 상황을 자유의지로 선택할 수 있다.
시련에 대처하는 방식도 마찬가지다.
시련에 대처하는 여러 방식 중 어떤 것을 선택하느냐에 따라
우리의 인생은 달라질 수밖에 없다.

정서불안에 시달리는 사람들에게서 공
통적으로 보이는 뚜렷한 특징은 어떤 식으로든 발이 묶여
있다는 것입니다. 우울증이나 극도의 불안감, 양극성 장애
나 조현병을 앓고 있는 사람들은 본인의 의지대로 자유롭게
행동하지 못하기 때문에 이러한 질병에 대한 보상 차원에서
자신의 행동을 조정해야 합니다.

　우울증에 걸리면 대체로 활력과 집중력이 감소하고 슬픈
기분에 휩싸이게 됩니다. 전에 기쁨을 느꼈던 사람들이나
활동들로부터도 멀어지게 됩니다. 움직이기가 싫어지고, 극
단적인 경우에는 삶의 기본적인 의지마저 상실해버립니다.
극도의 불안감 역시 여러 가지 성가신 걱정이나 불안을 줄
이기 위한 다양한 종류의 회피행동을 불러일으킵니다. 조울
증이나 조현병 같은 심각한 정신질환의 경우에는 현실감각
의 상실로 인해 대인관계도 어려워집니다.

위에서 언급한 증상들은 모두 생물학적인 원인을 갖고 있습니다. 따라서 약물치료로 효과를 볼 수 있습니다. 그리고 우리가 생활 속에서 맡은 역할과 대인관계에 대해서는 행동치료도 병행해야 할 필요가 있습니다.

불안감으로 인해 행동에 제약을 받는 사람들은 먼저 두려움을 직시해야만 합니다. 이와 동시에 두려움에 굴복당하지 않으려는 의지를 발휘할 필요가 있습니다. 두려움을 회피할수록 상황은 악화됩니다. 똑바로 직시해야만 좋아질 수 있습니다. 이는 불안감을 극복하는 기본적인 방법입니다.

우울증에 걸려 행동 변화가 필요하다면 타성과 피로감에서 벗어나 기분전환에 도움이 되는 활동을 스스로 할 수 있어야 합니다. 하지만 낙담하고 절망한 나머지 스스로를 쓸모없다고 느끼는 사람에게는 이마저도 벅차게 느껴질 것입니다.

현실감각이 흔들리는 사람이라 할지라도 늘상 그런 것은 아닙니다. 이런 사람을 변화시키려면 약물치료의 힘을 동원해 일단 정상적인 생활로 돌아갈 수 있도록 해줘야 합니다. 또한 만성적인 정신질환을 치료할 때는 가족들이 헌신과 이해로 뒷받침해줘야만 합니다. 저는 이 일을 해오는 동안 알츠하이머나 조현병, 그리고 발달장애를 가진 사람들의 부모와 배우자, 자녀들로부터 사랑에 대한 가장 심오한 교훈을 배웠습니다.

영웅주의를 기념하는 훈장들을 한번 떠올려보십시오. 그런 것들은 대부분 일시적인 용감한 행동에 대해 주어지는 보상입니다. 그러나 몸이나 마음이 불편한 이를 보살피는 사람들은 그런 상을 받지 못합니다. 물론 천국에는 그들을 위한 특별한 자리가 마련되어 있으리라고 저는 생각합니다.

얼마 전에 만성질환의 어려움에 대해 토론하는 자리에 나간 적이 있습니다. 마침 연사가 활발한 활동을 하고 있는 장애인 가족 모임에 대한 이야기를 꺼냈습니다. 그런데 그 모임의 이름이 생각나지 않는지 연사가 잠시 말을 멈추자 누군가가 이렇게 외쳤습니다.

"아직 죽지 않았다(Not Dead Yet)!"

그러자 연사는 청중 속에서 휠체어를 탄 한 남자를 향해 고개를 숙여 보였습니다.

"맞아요. 바로 그 단체입니다!"

그들은 우리 모두에게 귀감이 되는 사람들입니다. 단지 나보다 더 큰 짐을 지고 있는 사람들을 보면서 작은 위안을 삼으라는 이야기가 아닙니다. 그들이 우리에게 주는 교훈은 누구나 살면서 여러 일을 겪을 수 있지만, 우리의 삶은 그것에 대처하는 방식에 따라 달라질 수 있다는 것입니다.

자녀를 잃은 부모들의 모임 중 '동병상련(Compassionate Friends)'이라는 이름의 그룹이 있습니다. 그 모임의 회원들은 주변 사람들로부터 종종 "당신이 어떻게 견디는지 모르겠군요. 저 같으면 그렇게는 못 할 것 같습니다."라는 말을 듣는다고 합니다.

그 말을 한 사람은 위로 겸 칭찬을 하려 했겠지만 듣는 입장, 특히 자식으로 인해 애통해하는 부모들로서는 그런 말을 들으면 착잡하기 마련입니다. 그들에게는 다른 선택이 있을 수 없습니다. 아직 의지하는 가족이 있는데 그들을 두고 떠날 수는 없기 때문입니다. 자식을 잃고 사느니 차라리 죽는 편이 나을 것 같다는 생각이 들지만, 자신에게 주어진 일을 하면서 계속 버티는 것 말고는 다른 선택의 여지가 없는 것입니다.

정신이 건강해야 선택을 할 수 있는 법입니다. 그리고 우리가 할 수 있는 선택의 폭이 넓으면 넓을수록 우리는 더욱 행복해질 수 있습니다. 건강이 좋지 않거나 낙담해 있는 사람들은 때로 외부의 상황이나 질병에 의해 제약을 받거나, 그게 아니라도 종종 스스로 자신에게 제한을 둡니다. 이럴 경우 가장 중요한 변수는 모험에 대한 포용력입니다. 만일 두려움, 특히 변화에 대한 두려움에 전전긍긍한다면 행복한 삶을 선택하는 것이 어려워집니다. 과연 우리를 제한하는 것이 불안감인지, 아니면 상상력이나 용기의 부족인지 한번 생각해봅시다.

아무리 절망적인 상황에도 언제나 선택의 기회는 있는 법입니다. 심리치료에서 무엇보다 중요한 것은 사람들이 지고 있는 짐을 함께 나누어 지고, 동시에 그 사람에게 언제나 다른 선택이 남아 있다는 확신을 전달하는 것입니다.

그렇습니다. 우리는 아직 죽지 않았습니다.

누구나 살면서 시련을 겪는다.
하지만 시련에 대처하는 방식은 각기 다르다.
두려움으로 도망가는 사람도 있을 테고,
가슴속에 쌓아둔 채 묵묵히 견디는 사람도 있다.
적극적으로 상황을 변화시키는 사람도 있다.
다만 어떤 선택을 하든 그 결과는 나 자신에게로
돌아온다는 사실을 명심해야 한다. 또한 두려움을 회피할수록
상황은 더욱 악화되고, 더 나아지기 위한
선택의 폭도 그만큼 줄어든다는 것도.
결국 행복해지는 것도 불행해지는 것도 나의 의지가 결정한다.

용서는 다른 사람이 아니라
나 자신에게 주는 선물이다

용서는 포기나 망각이 아니라 변화를 위한 적극적인 의지이다.
원망이나 복수심을 버리기 위해서는 그만큼 내면의 성숙이 필요하고,
내면의 성숙은 그저 얻어지는 것이 아니다.

인생은 어떤 의미에서 포기의 연속입니다. 특히나 마지막 순간에 모든 것을 버리고 가기 위한 연습이라고도 할 수 있습니다. 그럼에도 불구하고 왜 사람들은 과거에 미련을 갖는 걸까요? 그 이유는 좋든 나쁘든 간에 기억이 육체에 머물며 시시각각 변화하는 우리라는 존재에 영속성을 부여하기 때문입니다. 즉 기억은 과거의 나와 현재의 나를 하나로 연결시키고 미래의 나를 예측할 수 있게 하는 역할을 합니다.

우리의 습관과 행동양식은 일종의 자이로스코프처럼 나 자신과 나를 아는 사람들에게 내가 다음에는 어떻게 행동할 것인지를 예측하게 합니다. 또한 우리의 과거는 우리가 새로운 환경에 적응하는 동안 중심을 잡는 닻의 역할을 하기도 합니다.

따지고 보면 이상적인 어린 시절을 보낸 사람은 그리 많지 않습니다. 사람들은 대체로 자신이 원해왔던 삶을 살지 못하고 있는 탓에 자꾸 과거를 돌아봅니다. 문제는 과거에 매달리는 태도가 본질적으로 비관적이어서 변화를 시도하는 우리를 시종 방해할 때입니다.

물론 우리가 누구인지를 정확히 알기 위해 과거를 알아야 하는 것은 사실입니다. 이를 위해 심리치료 과정에는 으레 각자가 살아온 이야기를 하는 시간이 있습니다. 과거를 아예 무시하는 태도와 과거에 빠져서 허우적거리는 태도의 중간쯤 어딘가에 우리가 멈춰야 할 지점이 있습니다. 우리가 저지른 불가피한 실수들을 포함해서 지난 일들로부터 무언가를 배우고 미래를 위한 계획을 세울 수 있는 지점 말입니다. 이 과정은 필연적으로 용서를 요구합니다. 불평불만이나 편견, 변명, 그리고 미움과 원망을 버려야 합니다.

용서는 흔히 망각이나 화해와 곧잘 혼동되지만 사실 그 둘 중 어느 것도 아닙니다. 용서는 다른 사람을 위한 것이 아니라 우리가 자신에게 주는 선물이기 때문입니다. 모든 진정한 치유가 그렇듯, 사랑과 정의가 교차하는 지점에 용서는 존재합니다.

우리에게 상처나 피해를 입힌 사람에 대한 원망이나 복수심을 버리기 위해서는 정서적이고 도덕적인 성숙이 요구됨니다. 용서는 또한 압박감에서 해방되는 한 가지 방법인 동시에 변화를 희망하는 표현이기도 합니다. 과거에 뿌리박힌 편견과 변명을 포기할 수 있다면 누구나 현재와 미래를 똑바로 직시하는 태도를 취할 수 있습니다. 이것은 대부분 불행의 밑바탕에 깔려 있는 무기력과 불안감을 떨쳐버리겠다는 의식과 의지를 필요로 합니다.

우리가 불가피하게 겪어야 했던 혹은 지금 겪고 있는 시련들에 대해 생각해보십시오. 그 시련들을 생각하면서 어떤 방식으로 느끼고 의미를 부여하느냐에 따라 미래를 마주하는 방식 역시 달라질 것입니다. 시련을 정면으로 응시할 수 있다면 우리는 희망도 가질 수 있습니다.

대다수의 사람들은 희망을 갖기 위한 근거로 종교를 선택합니다. 종교를 가진 이들은 자비로운 신의 손길이 우리의 앞을 인도하고 있으며, 영생할 수 있다는 믿음을 갖습니다. '종교는 왜 내가 이런 고통을 겪어야 하는가?'라는 식의 인간 존재에 대한 보편적인 물음 앞에서 커다란 위안이 됩니다.

종교는 또한 모든 인간사에 목적을 부여하므로 이 불확실한 세상과 언제 어디서 닥칠지 모르는 재난과 상실에 마음의 준비를 하게 해줍니다. 또한 신의 방법이 불가사의하기는 하지만 궁극적으로 자비롭다는 것을 인정하기만 하면 깨달음의 부담에서도 벗어날 수 있습니다.

하지만 저처럼 인생에 대한 쉬운 답에 회의를 갖고 있는 사람들은 종교를 가진 이들과는 다릅니다. 평생 불확실성을 안고 살아야 하는 어려운 과제를 갖고 있는 것이지요. 저와 같은 사람들은 종교라는 형식에서 위안을 받지 못합니다. 계속적으로 신을 숭배하기를 요구하는 체제에도 의지하지 않습니다. 종교인들의 지침을 따라 우리의 공동 운명인 죽음을 물리쳐주는 신의 존재에 의지하는 대신 독립적으로 삶의 기본적인 의미를 수립하기 위해 고군분투해야만 하는 것입니다.

* * *

한편 어떤 용서는 애도의 종착점이기도 합니다. 여섯 살 된 아들을 저 세상으로 떠나보낸 제 경우를 예로 들어보겠습니다. 아들이 백혈병에 걸렸을 당시 저는 골수 기증자를 자청했습니다. 하지만 아들은 골수이식을 받은 후 합병증으로 결국 세상을 등지고 말았습니다.

그 이후로 한동안 저는 아들의 죽음을 받아들이지 못했습니다. 그 일을 마음속에서 끝내지도 못했고 물론 잊지도 못했습니다. 아들의 죽음을 받아들이는 것은 그 시술을 추천한 의사들과 골수를 기증한 저 자신을 용서하는 연습이나 다름없었습니다.

그때 저는 어린 시절에 믿었던 종교가 저의 가장 소중한 것을 구해줄지도 모른다는 실낱같은 희망으로 아들을 살려달라는 기도를 필사적으로 드렸습니다. 하지만 아들이 결국 세포변이에 희생되어 세상을 떠나자 저는 마음을 바꿨습니다. 그런 결과를 허락한 신이라면 일고의 가치도 없다는 생각이 들었던 것입니다.

솔직히 처음에는 그런 상실을 겪고도 신에 대한 믿음을 유지할 수 있는 사람들이 부러웠습니다. 하여, 저도 억지로 믿는 척이라도 해보려고 했지만 할 수 없었던 거지요. 그럼에도 불구하고 떠나간 아들의 영혼과 언젠가는 만나리라는 희망을 버리지 못하는 저는 도대체 어떤 종류의 불가지론자일까요?

우리는 모두 억울한 상처나 거부의 기억을 안은 채 살아가게 마련입니다. 우리의 불행에 책임이 있는 사람이나 단체를 원망하면서 계속 그 기억에 매달립니다. 다시 말해, 우리는 억울하다고 생각하고 있는 사람들 속에서 살고 있는 것입니다.

불행에 대해 다른 누군가를 탓하면 자신의 잘못을 반성해야 하는 부담에서 해방되기 마련입니다. 동시에 시련으로 가득한 삶을 받아들여야 하는 부담에서도 해방됩니다. 하지만 모든 것을 외부의 탓으로 돌린다면 어떻게 될까요? 우리에게 일어나는 일보다 우리의 대처 방식이 중요하다는 깨달음을 놓치게 되고 맙니다.

몇 년 전, 저는 스키 리프트를 타려고 줄에 서 있다 사고를 당한 적이 있습니다. 조절장치가 얼어붙은 무인 설상차에 부딪힌 것입니다. 사고 직후에는 몸을 움직이기 힘들었지만 곧 괜찮아졌기에 더 이상 문제 삼지 않았습니다. 그 사건을 인생의 예측할 수 없는 위험에 대비하라는 교훈으로 생각하기로 한 거죠. 설령 제가 소송을 시작해서 보상을 받는다 한들 설상차의 안전이 개선될 것 같지도 않았습니다.

스키장 운영자들은 제게 사과를 하고 공짜 리프트권을 몇 장 주는 것으로 사고를 마무리했습니다. 저는 좋은 경험을 했다는 생각으로 미련 없이 그곳을 떠났습니다. 덕분에 움직이는 물체에 대한 경각심도 갖게 되었다는 생각도 했습니다.

이젠 우리가 살면서 겪어온 경멸과 모욕과 비난 그리고 무엇보다 실현되지 않은 꿈들을 한번 생각해봅시다. 혹 가장 가까운 사람들을 불만과 비난으로 대하고 있지 않은지 돌아봅시다. 과거에 입은 상처 때문에 두고두고 다른 사람을 원망하는 태도는, 삶의 개선에 필요한 근본적인 문제를 해결하는 일에서 우리를 멀어지게 할 뿐입니다.

그럼에도 불구하고 많은 사람들이 고통스러운 영화를 반복해서 보듯 과거를 거푸 되돌아보고 있습니다. 그들의 기억 속에는 지금 이 자리에 있기까지 겪어온 모든 사연과 불행과 사건들이 담겨 있습니다. 그런 기억들은 다른 사람들의 것과 비교해서 확인하다 보면 상상의 산물로 밝혀질 때도 있습니다.

하지만 그들은 결코 관심을 다른 곳으로 돌리지 못합니다. 결국에 가서는 어떻게 될까요? 과거에 내게 아쉬움과 부당함, 상처를 남긴 부분들을 이제 와서 바꿀 수는 없습니다. 대체 분노와 불행에 매달려봐야 무슨 소용이 있겠습니까? 지난 일을 돌이킬 수도 없고, 다시 선택할 수도 없는데 말입니다.

요컨대 과거와 타협 내지 화해하는 것은 필연적으로 모든 인간의 노력에서 가장 쉬우면서도 가장 어렵다고 하는 '용서'이며, 일종의 떠나보내기입니다. 의지와 동시에 포기를 필요로 하는 과정입니다. 그리고 종종 용서란 실제로 용서를 하기 직전까지는 절대 불가능한 것으로 여겨질 때가 많습니다.

저는 때때로 사람들에게 반성을 유도하는 방법의 하나로 묘비명을 써볼 것을 권합니다. 지나온 인생을 몇 마디 말로 요약해보라고 하면 사람들은 난감해하다 괜한 농담을 하거나 자신을 비하하는 글을 쓰곤 합니다.

'여기 누운 이 사람은 실로 많은 잡지를 읽었노라', '이 사람은 늦게 출발한 덕에 많이 뒤처졌다' '내가 많이 아프다고 했잖아?', '이제 다 끝나서 다행이군' 대체로 이런 식입니다. 곁에서 제가 좀 더 진지하게 써보라고 하면 그제야 사람들은 부모이자 배우자, 그리고 신앙인으로서 자부심을 느끼는 측면들을 생각해내곤 합니다. 실제로 저는 사람들이 유서에 묘비명을 함께 써넣으면 좋겠다는 생각을 합니다. 유서를 쓸 때 나의 묘비명에 이런 글을 써주기 바란다는 식의 부탁을 하는 건 어떨까요?

이따금 사람들이 제게 당신은 어떤 묘비명을 원하냐고 물을 때도 있습니다. 그럴 때마다 저는 제 묘비명에는 소설가 레이먼드 카버의 글을 인용하면 좋을 것 같다고 답하곤 합니다.

그대는 이 세상에서 원하던 것을 얻었는가?

그렇습니다.

그대는 무엇을 원했는가?

나 자신을 사랑하고

세상 사람들에게 사랑받는 것입니다.

과거에서 벗어나기 위해서는 반드시 용서가 필요하다.

내게 상처 입힌 사람에 대한 원망,

억울한 누명과 주위 사람의 비난, 후회스럽기만 한 잘못된 선택,

사랑하는 사람을 잃은 아픔까지 모두 깨끗하게 떠나보내야 한다.

그래야 과거에서 자유로워져 어떤 변화든 가능해진다.

용서는 겉으로는 다른 사람을 놓아주는 것이지만,

사실은 나 자신을 불행에서 구해내는 과정이다.

그래서 용서는 다른 사람이 아닌

바로 나 자신에게 주는 가장 소중한 선물이다.

옮긴이 노혜숙

이화여자대학교 수학과를 졸업하고 서강대학교 철학대학원을 수료했다. 한국산업은행과 바클레이즈은행에서 근무했으며, 현재 전문번역가로 활동 중이다. 주요 번역서에 『블리스로 가는 길』, 『위즈덤』, 『무의식의 유혹』, 『창의성의 즐거움』, 『스파이의 생각법』, 『베이비 위스퍼』, 『타인보다 더 민감한 사람』 등이 있다.

**너무 빨리 지나가버린,
너무 늦게 깨달아버린 1**

초판 1쇄 발행 2021년 10월 7일
초판 2쇄 발행 2023년 6월 19일

지은이 고든 리빙스턴 옮긴이 노혜숙

발행인 이재진 단행본사업본부장 신동해
편집장 김예원 디자인 co•kkiri
마케팅 최혜진 최지은 홍보 반여진 허지호 정지연
국제업무 김은정 김지민 제작 정석훈

브랜드 걷는나무
주소 경기도 파주시 회동길 20
문의전화 031-956-7357(편집) 031-956-7127(마케팅)
홈페이지 www.wjbooks.co.kr
인스타그램 www.instagram.com/woongjin_readers
페이스북 https://www.facebook.com/woongjinreaders
블로그 blog.naver.com/wj_booking

발행처 ㈜웅진씽크빅
출판신고 1980년 3월 29일 제406-2007-000046호.

한국어판 출판권 ⓒ ㈜웅진씽크빅, 2021
ISBN 978-89-01-25339-8 04800
      978-89-01-25338-1 (세트)